I

Copertina:
Illustrazioni di Imāto
Elaborazione grafica a cura di Sabina Albano

A Sabina,
che sa cosa dirmi, anche quando non lo voglio sentire
ad Argon,
senza il quale la mia esistenza sarebbe decisamente vuota
e ad ogni mio singolo lettore,
che mi dà la forza di lottare ogni giorno

ATTENZIONE

Questo libro può contenere lattosio e tracce di frutta in guscio, inoltre il suo contenuto potrebbe non essere adatto a tutti. Gli argomenti trattati e le scene descritte, potrebbero turbare le persone più sensibili.

Se invece siete dei matti come me, allora andate pure avanti a vostro rischio e pericolo e immergetevi nella mia follia, per sette lunghe notti da incubo.

Buonanotte e sogni d'oro e ricordatevi che le storie che vi accingete a leggere, sono inventate... forse...

SOMMARIO

BUONANOTTE E SOGNI D'ORO
Sette racconti per Sette notti da incubo

di

DANIELA E.

DANIELA E.

PARA
BELLUM

DANIELA E.

PARA BELLUM

1

In principio, fu il caos. Dopo venne il terrore. Ma l'essere umano è concepito per adattarsi ad ogni circostanza e lo fece anche quella volta: si abituò ad un nuovo mondo, un mondo dove non era più il padrone.

Per migliaia di anni l'uomo aveva utilizzato e sfruttato ogni risorsa sulla Terra, fino allo stremo; come un cancro si era insidiato in ogni fibra del pianeta che lo aveva ospitato fin dalle origini e con il passare del tempo, come la cancrena, era avanzato sempre più profondamente, contaminando ogni cosa, facendola marcire e putrefare. E mentre la Terra annaspava, l'uomo era riuscito a sopravvivere sempre, ad ogni cosa e ad ogni essere, anche al più mastodontico; così il pianeta gli scagliò contro il più piccolo... e vinse. Alla fine, l'arma vincente era stata quella invisibile: un parassita per distruggere un parassita.

Un colpo di tosse, la febbre tipica della stagione invernale, ma chi si era ammalato era morto e la vita era cambiata. Con ogni cura trovata, il virus mutava e attaccava nuovamente e vinceva sempre.

Poi, qualcuno ebbe l'*Idea*.

E i giorni della Terra svanirono, per sempre.

L'esplosione fu silenziosa, avvertita come una leggerissima scossa di terremoto, un piccolo crampo allo stomaco, come quando stai sognando e ti sembra di cadere nel vuoto. Il gas sprigionato avrebbe dovuto depennare definitivamente il virus, ma questi sopravvisse ancora una volta, mutando in qualcosa di ancora più letale, che colpiva l'essere umano ancor prima di nascere, provocando malformazioni genetiche e cambiamenti nella morfologia naturale; in molti si ammalarono e morirono in poco tempo, i nuovi nati vennero al mondo con insolite particolarità: albini, con gli occhi viola o rossi e in tanti con malattie congenite che li portavano alla morte in pochi anni.

Erano trascorsi trent'anni dal giorno dell'esplosione, che tutti chiamarono *Idea* (perché era ciò che doveva essere: una grande idea. Alla fine, fu solo *grande*, ma fu chiamata *idea*) e l'umanità ormai aveva capito di dover trovare una soluzione alternativa; non esisteva cura per i mali che affliggevano la popolazione mondiale, il virus, ormai mutato, si diffondeva nell'aria e non dava scampo. Ma l'essere umano ha risorse illimitate e un grande istinto di sopravvivenza. Se il suo mondo avesse voluto ucciderlo, ne avrebbe trovato uno nuovo. Così si affidò ad un giovane uomo che aveva scoperto un nuovo pianeta. L'atmosfera era simile a quella della Terra e avrebbe permesso all'umanità di colonizzare e stabilirsi nel giro di pochi anni. Il cancro dell'universo aveva un nuovo posto da distruggere.

Il ventisettenne Adam Thompson sostava immobile ai piedi di tre gradini che lo separavano dal palco al dietro le quinte, l'unico suono che si udiva era la voce del presentatore che si asseriva in convenevoli al fine di complimentarsi con l'uomo che avrebbe salvato l'umanità dall'estinzione. Adam sentiva decine di occhi puntati su di lui, ma nessuno osava rivolgergli la parola, troppo intimiditi dalla sua figura giovane ma austera. Il completo di raso nero gli fasciava il corpo statuario come se fosse stato dipinto sulla sua pelle, non una piega, non un pilucco su quel nero così scuro da andare in totale contrasto con la pelle diafana da far quasi invidia alle più pregiate delle porcellane, solo le labbra appena rosate distaccavano dal pallore del resto e gli occhi di un grigio così chiaro da sembrare incolore, ghiacciai in una distesa di neve, e i capelli, che leggeri come seta, sostavano all'indietro, immobili, nel loro pallore albino.

Il respiro regolare appena percettibile, il delicato e a stento accennato movimento delle palpebre erano le uniche cose che facessero intuire che Thompson fosse un essere vivente e non una statua di marmo, solo chi lo conosceva bene avrebbe notato un leggero vibrare del pomo d'Adamo seminascosto dal colletto della camicia e il leggero protendersi verso l'interno del pollice della mano destra; ma nessuno conosceva veramente Adam Thompson e chi lo avesse circondato e osservato in quel momento, avrebbe visto solo un giovane uomo dalla bellezza eterea che con la sua intelligenza e la sua freddezza dominava su tutto e tutti con il destino dell'umanità intera stretto nella morsa ferrea delle sue dita affusolate.

Si mosse lentamente verso il palco, mentre il presentatore terminava il suo monologo e urlava a gran voce il suo nome «Adam J. Thompson!»

Gli applausi sovrastarono le ultime lettere del suo cognome nel momento in cui si mostrò alla folla, con le braccia aperte come a rassicurarli che le sue spalle fossero abbastanza larghe e forti da reggere il destino dell'umanità, nonostante la sua giovane età. Ci fu un lungo silenzio, dove tutti sembrarono addirittura trattenere il respiro, poi lui parlò: «Oggi è il giorno in cui l'umanità ancora una volta annuncia all'Universo intero che non ha intenzione di mollare, che la sconfitta e l'estinzione non è contemplata nel suo DNA, questo è il giorno in cui inizia una nuova vita per tutti noi, questo è il primo giorno di un nuovo anno zero!»

In quello stesso momento, a milioni di distanza

di anni luce, la navicella spaziale 001 con a bordo la speranza del futuro dell'umanità, nonché l'equipaggio del progetto *New Life*, si scontrò con un asteroide a poca distanza dalla sua destinazione. La navicella, con il lato sinistro semidistrutto, atterrò sul pianeta K22 in maniera diversa dal previsto. La notizia avrebbe impiegato due giorni ad arrivare sulla Terra.

2

Rahasya si sentiva leggera, la sua mente così rilassata che avvertiva il corpo quasi fluttuare, come se fosse inconsistente, una piuma che si lanciava libera nel vuoto, sospinta dal vento, verso luoghi lontani. Avvertì il sangue defluire nelle vene e l'epidermide sensibile, solo quando una mano familiare la sfiorò. Adorava le sue mani e aveva capito che le avrebbe amate ancora di più addosso a lei, quando comprese anche di amarlo. Così, d'improvviso, la consapevolezza era risultata così limpida e naturale, che per poco non si mise a ridere; si limitò a sorridergli, colta da una certezza che forse aveva avuto dal momento in cui i loro occhi si erano incontrati per la prima volta.

Avrebbe voluto aprire gli occhi, ma le palpebre le sembravano così pesanti; avrebbe voluto aprirli e incontrare quelli di lui che erano... com'erano gli occhi di... non lo ricordava, non ricordava il suo nome e non ricordava di che colore fossero i suoi occhi. Questa consapevolezza spezzò il volo leggiadro di quella piuma, che parve improvvisamente fatta di piombo, mentre lei veniva trascinata via da quel benessere, da quel sogno...

Dita sottili e leggermente ambrate si mossero lentamente nel fluido denso e opaco, scivolando come le dita di un pianista sui tasti del pianoforte. Un tubicino sganciò una delle due estremità liberando l'esofago, mentre dall'ombelico si sfilò un lungo ago. Il liquido denso iniziò lentamente a defluire dalla capsula e un ago sottile iniettò un fluido giallastro nel collo di Rahasya; il battito cardiaco accelerò in pochi secondi e prima che la donna iniziasse ad avere nuovamente la percezione del suo corpo, la capsula si aprì con un fruscio e l'aria tornò bruscamente a circolare in maniera naturale nei suoi polmoni dopo molto tempo. Rahasya spalancò la bocca e l'ossigeno sembrò quasi bruciarle il petto dall'interno, se avesse goduto di maggior lucidità, avrebbe compreso il pianto disperato di un bambino appena nato a cui si riempiono i polmoni di aria per la prima volta. Avvertì il cuore pomparle nel petto come un tamburo impazzito, mentre i suoi arti furono preda di leggeri spasmi. Non riuscì ad aprire gli occhi e le membra le sembrarono pesanti come il piombo, e fredde, per la melma che le ricopriva il corpo altrimenti nudo.

Qualcuno stava parlando, questa fu l'unica certezza che ebbe Rahasya, quanti fossero e chi fossero e soprattutto cosa stessero dicendo, era invece una cosa che ignorava del tutto. Non aveva la percezione di nulla, neanche del suo corpo, come nel sogno, ma lì era piacevole. Forse era morta o stava per morire; fu invasa dal rammarico: era ironico e anche angosciante morire poco prima della possibilità di cambiare vita e anche pianeta, aderendo a quello strambo e forse assurdo progetto che chiamavano *New Life*.

Una delle voci continuò a sproloquiare e diveniva sempre più acuta, possibile che nel *Regno dei Morti* fossero così logorroici? Con una mano si scostò dagli occhi la poltiglia che li impiastricciava e li spalancò, improvvisamente vigile; il corpo sembrò riprendere forma, consistenza, anche se sentiva una morsa ferrea immobilizzarle lo sterno.

«Ehi, stai bene?»

L'immagine dinanzi a lei era quella di un giovane uomo con le spalle piuttosto larghe e lunghi capelli biondo scuro che ricadevano sulla fronte, impastati con quel liquido melmoso. L'uomo le porse un asciugamano grande bianco e un telo isotermico, che indossava anche lui, poggiato sulle spalle; poi le diede anche una piccola boccetta con del liquido blu all'interno.

«Dovresti bere questa, ti aiuterà a rimetterti in piedi in fretta.»

Rahasya lo fece, era leggermente amara, o forse era la percezione della sua bocca impastata. Avvertì, nel giro di pochi secondi, un formicolio diffondersi in tutti gli arti. Mentre attendeva per potersi alzare, si rese conto di essere circondata da decine di persone avvolte in coperte isotermiche argentate e lo sguardo confuso. Dopotutto, erano trascorsi due mesi da quando si erano volontariamente rinchiusi in quelle capsule per farsi spedire nello spazio alla ricerca di un nuovo pianeta da colonizzare per far sopravvivere l'umanità.

Si azzardò a scivolare fuori dalla capsula e, anche se per un momento credette di cadere a terra, avanzò a piccoli passi, superando lentamente il tremore e la poca stabilità delle gambe.

«Ce la fai?» Chiese il biondo, riavvicinandosi e preoccupandosi della sua stabilità.

«Sì, sto bene, grazie.»

«Sono Nicolai. Nick per gli amici.» Si presentò e lei ebbe la consapevolezza che, effettivamente, ora potevano considerarsi tutti amici, visto che erano i primi abitanti di quel pianeta.

«Rahasya, ma tutti mi chiamano Raya.»

Lui sorrise appena, poi cambiò espressione, divenendo preoccupato, quando lei chiese se fossero arrivati sul pianeta predestinato.

«Non lo so.» Non era la risposta che si aspettava.

«A quanto pare abbiamo avuto un brusco atterraggio, ma da qualche parte saremmo pur arrivati.»

Sembrava piuttosto propositivo, mentre Raya avvertì l'ansia attanagliarle lo stomaco.

«Da quella parte ci sono le docce e dovremmo trovare degli armadietti con i nostri nomi e i nostri effetti personali» disse, indicando un corridoio alle loro spalle.

Il corpo di Raya era sempre più sciolto e la sua mente più lucida, la doccia decisamente fu un toccasana che aiutò a rimetterla in sesto. Indossò una tuta nera che trovò nell'armadietto con il suo nome: Rahasya Patni Kinsweki. Sulle spalle si poggiò un mantello grigio antracite che trovò insieme alla tuta, non era l'abbigliamento più alla moda che avesse mai indossato, ma era funzionale: entrambe l'avrebbero protetta sia dal freddo che dal caldo; era scritto nella guida che avevano dato a tutti da leggere prima del viaggio. Vi trovò anche una piccola bustina trasparente, dove all'interno vi era una collana sottile con un pendente: una parte di cuore spezzato. Quando la osservò, facendola risplendere nel suo argenteo lucido alla luce artificiale del bagno, ebbe la sensazione che non fosse quella la sua, la sua parte del cuore, ma forse era solo ancora un po' confusa, lei stessa aveva sfilato quella collana dal suo collo e messa come unico oggetto personale. Non ricordava chi avesse l'altra metà ma, dopotutto, non ricordava molte cose, e questa non era colpa della confusione del viaggio nello spazio e nell'aver dormito due mesi.

Percorse il corridoio che l'avrebbe condotta dalla parte opposta dalla quale era venuta e non si stupì di trovarvi una grande stanza dalle pareti metalliche e piena di persone con la sua stessa tuta e lo stesso mantello.

«Le pareti della navicella sono ignifughe, per questo non siamo morti carbonizzati. Le fiamme si sono spente e gli unici danni sono stati alla parte colpita dall'asteroide.» A parlare era stato un ragazzo alto e piuttosto magro, con capelli corti e neri e la pelle scura. Accanto a lui vi era una ragazza bassina con capelli biondi particolarmente arruffati e occhi troppo grandi per il suo piccolo viso.

«Dobbiamo uscire da qui e capire dove siamo finiti.»

«Potremmo non essere sul nostro pianeta?» chiese allarmata la ragazzina bionda, con voce particolarmente acuta, ma Raya si stupì soprattutto del fatto che la ragazza si fosse riferita alla loro destinazione come al "loro" pianeta.

«Tecnicamente siamo su K22. Eravamo quasi arrivati quando l'asteroide ci ha colpiti, Ah, comunque io sono Wiston» concluse il ragazzo magro, sistemandosi gli occhiali sul naso.

«Ella» si presentò l'altra ragazza. Wiston l'osservò, poi, spingendo nuovamente gli occhiali nel centro del naso, assunse un'aria vagamente preoccupata: «Ti si sono elettrizzati tutti i capelli!»

La biondina si tastò la massa scomposta sul capo, poi sorrise: «Oh no. Sono sempre così!»

«Oh!» Fu l'unica cosa che aggiunse l'altro, imbarazzato.

Altri si avvicinarono e si presentarono, oltre Nick, una donna con i capelli biondi corti, Helena; un uomo corpulento di nome Patrick, un asiatico di nome Tanji e una donna di colore, molto alta e robusta con occhi viola, di nome Maja.

Anche Raya si presentò ed Ella parve molto curiosa, osservando la sua pelle ambrata e i lunghi capelli castano scuro misti a dread.

«Mia madre era indiana, mio padre originario del Kongo.»

Ella sorrise soddisfatta. Era sicuramente molto giovane, ma sembrava una bambina con quei capelli arruffati e i grandi occhioni.

«Voi due siete militari, vero?» Disse Wiston riferendosi a Nick e Maja.

«E da cosa lo hai dedotto, cervellone?» Lo prese in giro l'uomo.

«Beh, tutti quelli inviati qui, sono medici, scienziati, ingegneri, astronauti… e militari.»

«E non potremmo essere medici, scienziati, ingegneri o astronauti?»

«Direi di no, avete decisamente l'aspetto da militari» rispose Wiston, raddrizzandosi gli occhiali con sguardo soddisfatto.

Nick sbuffò, mentre Maja sorrise: «Hai ragione, siamo militari. Comunque, chiacchiere a parte, dovremmo uscire a dare uno sguardo.»

«Già!» Disse Wiston guardando verso l'ascensore che portava al piano inferiore della navicella, dove sicuramente avrebbero trovato l'uscita.

Spinse gli occhiali sul naso, in quello che doveva essere un gesto abitudinario più che una reale esigenza.

«Come direbbe Bilbo Baggins: "Sto partendo per un'avventura!"»

3

Il portellone si aprì, ma non furono invasi dalla luce come avrebbero potuto aspettarsi; sembrava quasi l'imbrunire. Nick fu il primo ad avanzare e avere il coraggio di mettere il piede su quel pianeta per la prima volta, sorrise appena, forse sentendosi un privilegiato, nessuno lo avrebbe probabilmente mai ricordato come il primo uomo ad aver messo piede su K22, ma lo avrebbe ricordato lui e, a volte, questo basta.

Pian piano tutti lo seguirono. Il terreno era morbido, composto da sabbia soffice, di una tonalità beige piacevole alla vista, sembrava luccicare alla tenue luce.

«Come facciamo a sapere che non siamo finiti nel bel mezzo del deserto del Sahara?» Chiese una donna. Wiston fu pronto a rispondere: «Non credo che nel deserto del Sahara o in qualunque altro posto della Terra, siano visibili due lune.»

Indicò verso l'alto, dove due perfetti satelliti si

distanziavano di poco.

«Ovviamente, non si chiamano lune, il satellite della Terra si chiama Luna. E quello, non è il Sole.»

Puntò il dito verso la sfera luminosa, che a differenza della stella vicino alla Terra, poteva essere osservata ad occhio nudo senza conseguenze.

«La stella del pianeta K22 è più lontana, per questo il pianeta è più oscurato, la luce non arriva così forte come sulla Terra. La superfice corrisponde a ciò che ci è stato descritto e le coordinate sono giuste. Direi proprio che siamo su K22» concluse, voltando verso gli altri il tablet che aveva tra le mani.

«Bravo cervellone» disse Nick e Wiston si sistemò perplesso gli occhiali sul naso, probabilmente incerto se quello fosse stato un complimento o un'offesa alla sua pedanteria.

«E adesso che cosa facciamo?» Chiese qualcuno, suscitando subito l'eco di molti altri.

«Quello che ci hanno detto di fare» rispose Nick.

«Avvisare del nostro arrivo e che siamo tutti sopravvissuti.»

«Dovremmo prima cercare di ripristinare il segnale sulla nave, è vero che siamo tutti sopravvissuti e che abbiamo ancora la nave abbastanza intatta, ma l'impatto ha comunque fatto molti danni e uno di questi è il sistema di comunicazione. Tra circa un paio di giorni riceveranno notizie dello schianto con l'asteroide, ma finché non ripristiniamo il segnale, non potremmo comunicare con loro. Nel frattempo, potrebbero pensare che siamo morti e che la missione è fallita» ci tenne a specificare Wiston.

«Il satellite, quello inviato sul pianeta per la perlustrazione, ha un segnale che può essere attivato manualmente» disse Raya, meravigliandosi lei stessa della sicurezza di ciò che aveva detto.

«E tu come fai a saperlo?» Le chiese Wiston, forse un po' risentito per non essere in possesso di quella informazione.

«Devo averlo letto da qualche parte durante i miei studi. Non ne sono sicura, ma qualche volta viene messo».

Sembrarono tutti soddisfatti e convinti di cercare

il robot mandato in perlustrazione un anno prima; aspettarono che il giovane e geniale Wiston indicasse loro la strada pigiando e armeggiando con il tablet e quando lui indicò la direzione giusta, si incamminarono prima che potesse essere aggiunto altro. Wiston si limitò a continuare a pigiare ritmicamente le dita sul tablet, poi osservò qualcosa sullo schermo e sollevò lo sguardo dinanzi a lui, prima di spostarlo su Raya.

«Non viene messo nessun segnale manuale sui robot inviati in perlustrazione. Li stai illudendo.»

«Beh, non possiamo restare comunque immobili a non fare nulla, tanto vale tentare.»

Mentre diceva quelle parole, era sempre più convinta che quel pulsante ci fosse e non per i suoi studi, ma perché, in qualche modo, le sembrava di vederlo dinanzi ai suoi occhi, era come se sapesse che fosse stato messo, per sicurezza, in caso di problemi. Lei lo avrebbe fatto.

Wiston non disse altro, ma a Raya non sembrò soddisfatto.

Quel posto aveva qualcosa di immensamente

affascinante e rilassante: le due lune (o i due satelliti) brillavano in un cielo grigio, senza nuvole, e parevano urlare "siamo noi le regine incontrastate" e lo erano sicuramente, visto che la stella più vicina sembrava un puntino sperduto nell'universo, talmente lontano che il calore delle sue fiamme ardenti non sembrava scalfire particolarmente quel pianeta, lasciandolo perennemente in una semioscurità che presagiva una notte senza stelle. La sabbia era soffice e sembrava fluttuare inconsistente fra gli scarponi degli *alieni* sbarcati dalla Terra, mentre brillava alla luce delicata delle due *regine*, dando l'impressione di essere mescolata con dei brillantini.

Stavano camminando da circa un'ora, osservando sempre lo stesso identico paesaggio, quando le due lune si spostarono velocissime diagonalmente e si sovrapposero alla stella. Ci vollero pochi secondi, affinché una linea orizzontale avanzasse tra le dune sabbiose, oscura, e lasciasse quasi completamente al buio ogni cosa.

Un mormorio preoccupato e incuriosito dallo

strano fenomeno, si levò tra la folla di invasori. A quanto pareva, su quel pianeta già poco illuminato, la notte calava improvvisa e fulminea.

Tra qualche riso e qualche borbottio, si levò improvvisamente un urlo e tutti fecero in tempo a voltarsi, per vedere Helena cadere a terra tra la sabbia e tenersi una gamba.

Raya, Nick e Wiston erano abbastanza vicini da riuscire subito a raggiungerla.

«Sei caduta?» Chiese Nick

«No, qualcosa mi ha morso!»

Questa frase sembrò spaventare i presenti molto più che il buio imminente. La voce di Wiston diede vita ai pensieri di molti: «Impossibile, su questo pianeta non c'è vita!»

«Ti dico che qualcosa mi ha morso, porca puttana!» urlò Helena, dolorante e preoccupata.

Effettivamente, la punta del suo stivale sembrava aperta.

«Riesci a stare in piedi?»

Helena si fece forza sulle braccia e si rialzò, ma appena poggiò il piede sulla sabbia, urlò dal dolore e si accasciò nuovamente, iniziando a sfilarsi freneticamente lo stivale.

«Lo sento camminare! Mi morde!» Iniziò a urlare in preda al panico.

Quando liberò il piede, il sangue lo ricopriva per metà e tra l'alluce e l'illice, qualcosa si sottile e scuro si mosse, come un piccolo tentacolo, che come spaventato, si ritirò all'interno della ferita.

A quel punto, non soltanto la donna ferita iniziò ad urlare, ma il panico velocemente si diramò fra i presenti: doveva essere l'inizio di una nuova vita, su un pianeta accogliente e disabitato, si stava invece rivelando un incubo, da soli, con poche possibilità di comunicare con la Terra e, con molte probabilità, non erano gli unici esseri viventi presenti tra quelle soffici dune.

Helena continuò ad urlare. Si avvicinò una donna sulla cinquantina, con capelli grigio cenere, che si qualificò come medico. Cercò di soccorrerla in qualche modo, ma lei continuava a dimenarsi e ad urlare, rendendola un'impresa impossibile. Si sollevò la gamba del pantalone, sostenendo che qualcosa la stava divorando dall'interno. In effetti, quando la pelle nuda fu sotto gli occhi di tutti, qualcosa parve agitarsi al di sotto la pelle, come un piccolissimo serpente strusciava sollevando l'epidermide della donna.

«LEVATEMELO! LEVATEMELO!»

Non avevano nulla che potesse aiutarla, sapevano di avere delle armi, ma erano rimaste sulla nave, ad un'ora di cammino di distanza.

«Dobbiamo tornare indietro, dobbiamo toglierle quel coso» disse la dottoressa.

Mentre l'essere avanzava nel corpo di Helena a velocità straordinaria, tre dei suoi compagni la sollevarono, ma lei emise un nuovo urlo, acuto e straziante. Non riuscivano a trattenerla, mentre si dimenava in preda al dolore. Si portò dapprima una mano alla gola ed emise un grugnito come se stesse per soffocare, poi si portò una mano sulla guancia e sull'occhio. Cadde nuovamente a terra, mentre urlava senza sosta. Il viso si stava deformando, la guancia sinistra e metà mascella sporgevano e qualcosa si contorceva deformando i suoi lineamenti.

D'improvviso tutto finì, come se stessero guardando un film e qualcuno avesse spento la tv.

Helena si bloccò con la bocca spalancata e la testa rivolta verso l'alto, gli occhi sbarrati.

Dalla gola iniziò ad uscire un suono gutturale, pareva stesse per rigurgitare qualcosa, liberarsene.

Il collo rigido ebbe degli spasmi, ma dopo un grosso respiro, la donna si rilassò. Rimase seduta a terra, come una bambola dal corpo rigido, con le gambe distese e le braccia abbandonate lungo il busto.

Provò ad articolare qualche parola, ma i suoni erano confusi. Le sillabe uscivano a caso, come se non riuscisse ad articolarle bene, quasi come se non sapesse esattamente dove e come utilizzare la lingua per esprimersi correttamente.

Dopo un paio di minuti, la casualità delle lettere che emetteva, iniziò ad uniformarsi e insieme divennero parole, che però non sembravano avere un gran senso logico, fin quando riuscirono a formare una frase, che pur avendo un suono gracchiante, furono ben chiare a tutti i presenti.

«A-nda-te-ve-ne.»

«Anda-te... via.»

«Queee...sto...non... è... il... vos-tro... posss-to.»

«Invaaa...sori!»

«Inva-sori!»

«INVAAASORI!»

Lo shock per ciò a cui stavano assistendo, era dipinto chiaramente sul volto di tutti.

«Andaaate... via!»

«O vi ucci-deremo... tutti!»

«Invaaasori!»

«INVASORI!»

«INVA...»

L'ultima parola si bloccò per metà in gola e Helena sembrò soffocare. Sussultava come in preda alle scosse epilettiche. L'occhio sinistro si riempì di un liquido nero e su tutto il viso e sul collo le vene divennero evidenti e scure. Rami anneriti avanzavano sulla sua pelle diafana, dipingendo percorsi che sembravano non portare a nulla di buono.

La gola le si gonfiò come se avesse inghiottito un pallone, la pelle tesa con le vene in evidenza la facevano sembrare una rana gonfia a dismisura, mentre l'occhio deturpato trasbordava fuori; si riempì di sangue per poi esplodere improvvisamente, come un palloncino gonfiato troppo. Sangue e materia oculare imbrattarono i vestiti e il viso di chi era vicino.

Le urla si diramarono tra la folla. Impotenti, nulla poterono, quando Helena smise di respirare e il suo corpo si accasciò tra la sabbia.

Dalla bocca rimasta spalancata, un sottile tentacolo scuro si mosse, sempre più lentamente, fece capolino dentro e fuori, fino a rimanere immobile a penzolare tra le labbra.

4

In principio... fu il terrore. Le urla, il panico, la maggior parte di loro non riusciva a ragionare o avere il controllo delle proprie emozioni, mentre gli atri restarono immobili, facendo scorrere lo sguardo dal corpo senza vita di Helena alla sabbia. Il pericolo era nascosto li, tra quelle soffici dune. Quel pianeta non era disabitato come credevano, e i suoi abitanti avevano chiaramente espresso il loro disappunto per la presenza di quegli inattesi invasori. E come dargli torto, gli umani stavano fuggendo dal loro pianeta, perché lo avevano distrutto fino a renderlo invivibile.

«Si è come impadronito dei suoi centri vitali, ha preso possesso del suo corpo e delle sue facoltà mentali» cercò una spiegazione il medico.

«Deve aver appreso il nostro modo di parlare attraverso il cervello, è lì che deve essersi posizionato» sottolineò Raya.

«Si, e deve aver avuto l'effetto di un cancro, alla

fine le ha come fatto esplodere il cervello.»

«Anche l'essere non è sopravvissuto, forse per lo sforzo.»

«Può darsi, ma non sappiamo se questo può essere un valido motivo per loro per non attaccarci nuovamente, potrebbero decidere comunque di sacrificarsi, pur di farci andare via o distruggerci uno ad uno.»

«Non possiamo restare qui, dobbiamo andarcene o ci uccideranno tutti!» Nick sembrava cercare di mantenere un tono di voce calmo.

«Non possiamo andarcene noi, la nave era impostata con il pilota automatico per portarci qui, non per riportarci indietro. Dobbiamo avvisare la Terra, dire loro che questo pianeta non è disabitato e soprattutto non è ospitale, così manderanno qualcuno a riprenderci» disse Wiston.

«Motivo in più per raggiungere la sonda robot.»

Wiston afferrò il braccio di Raya: «Non c'è nessun pulsante su quel robot!»

«E se invece ci fosse? Lo hai detto tu stesso che non possiamo andarcene, ma devono mandarci a prendere e quello potrebbe essere l'unico modo per comunicare con la Terra!»

«Ipotizziamo che quel pulsante ci fosse, riusciremmo ad avvisarli che siamo vivi, non in pericolo, finché il segnale sulla nave non è ripristinato.»

«Potresti collegare il tablet al segnale sul robot, potresti inviare un S.O.S. e non saprebbero ciò che sta accadendo ma capirebbero che siamo in pericolo.»

Wiston allentò la presa sul braccio di Raya, poi si girò verso Nick: «Forse dovresti riportarli indietro» indicò la folla ancora in subbuglio. «Mentre io e Raya cercheremo il robot».

Nick acconsentì e cercò di placare gli animi agitati e di invitarli a tornare indietro, verso la nave. Raya e Wiston si incamminarono seguendo il pallino rosso che lampeggiava sullo schermo del tablet; a loro si vollero unire anche Ella e Patrick. Era rischioso camminare sulla sabbia, ad ogni affondo avrebbero potuto essere attaccati da quegli esseri, ma non potevano restare ad aspettare senza fare nulla, o sarebbero morti comunque.

Trenta minuti dopo erano ancora vivi, la sabbia non si era mossa e nessun tentacolo era spuntato da qualche parte per attaccarli. Wiston puntò il dito dritto dinanzi a loro: avevano trovato la sonda.

Avanzarono il passo, ignorando di star sollevando e smuovendo eccessivamente la sabbia. Quando arrivarono al robot, questi era in parte ricoperto di terra, forse quel posto era anche soggetto a tempeste di sabbia.

Raya si mosse decisa, sul retro del robot; con la mano scostò la sabbia, mettendo in mostra un piccolo sportellino bianco. Sembrava sigillato, ma quando la donna lo sfiorò, questi si aprì, rivelando un pulsante rosso. Raya lo premette senza esitare, provocando l'accensione di un'altra lucina rossa con di fianco un foro, dove Wiston infilò una micro-chiavetta usb che aveva estratto dal tablet. Trafficò sullo schermo qualche secondo, poi fece un cenno di assenso ai suoi compagni, il segnale di aiuto era stato inviato.

Dovevano ritornare in fretta alla nave, mettersi

al sicuro. Non potevano avere nessuna certezza su quanto sarebbe valso il segnale di avvertimento che avevano ricevuto attraverso Helena, prima di riceverne un altro.

Il buio era sempre più intenso, ormai solo la luce argentata dei due satelliti illuminava il loro cammino, ma non abbastanza da fargli notare il movimento sinuoso sotto la sabbia a poca distanza da loro.

5

«Cosa significa?» La voce un po' stridula di Ella, fece voltare Raya; la ragazzina arrancava per cercare di stare al suo passo. Quanti anni aveva? Poteva essere lì da sola? Quel corpo minuto e i capelli arruffati le facevano tenerezza, involontariamente strinse il mezzo cuore argentato che portava al collo, forse aveva provato altrettanta tenerezza guardando la persona che le aveva regalato quel ciondolo, o le aveva suscitato altri tipi di emozione, intense a tal punto che forse non sarebbe più stata in grado di provarne altrettanto.

Ella la stava osservando. Persa nei suoi stessi pensieri, non aveva ancora risposto alla domanda della ragazza che, trepidante curiosità, attendeva, indicando di tanto in tanto il tatuaggio che Raya aveva sulla mano sinistra.

«È un tatuaggio tipico della cultura indiana» disse indicando i disegni che ricoprivano il dorso e le dita.

«Ogni disegno ha un significato preciso,

riferendosi alle origini, alla famiglia, alle particolarità caratteriali o ad avvenimenti importanti.»

«E i simboli che hai tu? Cosa significano?»

Raya osservò i simboli che ricoprivano quasi interamente la mano fino al polso.

«Non lo so, ci sono molte cose che non so di me, non più.»

«Non hai ricordi?»

«Non tutti. Ricordo la mia infanzia, i miei genitori, ricordo anche i miei studi, ma non gli ultimi anni della mia vita. Ho avuto un'incidente e quando mi sono risvegliata, non sapevo neanche come ci fossi arrivata. Non so neanche se ho ancora una famiglia» fu turbata dalle sue stesse parole, non era solita lasciarsi andare a simili debolezze.

Ella le sorrideva debolmente, quando riportò lo sguardo su di lei.

«A volte vorrei anche io non avere ricordi della mia famiglia, forse farebbe meno male, almeno è quello che mi capita di pensare. Ma i ricordi belli mi fanno sorridere e allora penso che se anche spesso sono dolorosi, preferisco che ci siano.»

«Cos'è accaduto alla tua famiglia?»

«Un incidente aereo, io ero a scuola; mia madre, mio padre e il mio fratellino si sono schiantati. Non sono qui perché ho particolari doti scientifiche o altro; sono qui perché ero abbastanza ricca da finanziare parte di questo progetto».

Raya non sapeva cosa dire, quella ragazzina magra e pallida, con i capelli arruffati le stava raccontando della sua tragica vita con una tranquillità che dimostrava molti più anni di quanti ne dimostrasse esteticamente.

«Entrambe siamo sole» disse semplicemente.

La ragazza sorrise appena: «Forse non più».

Raya si ritrovò a ricambiare quel tenue sorriso, poco prima di avvertire un rombo attutito sotto i suoi piedi.

Sembrava che dalle viscere della terra stessero arrivando delle scosse di un terremoto che avrebbe potuto squarciare in due il pianeta. Tutti e quattro si guardarono intorno, non sapendo da che parte esattamente aspettarsi il pericolo. Fu un attimo, il tempo di voltarsi verso il punto esatto e dal terreno spuntarono tentacoli neri che non avevano nulla a che fare con quelli piccoli che avevano visto spuntare dal corpo di Helena e, se quello era stato in grado di impossessarsi e uccidere una donna in pochi minuti, non immaginavano cosa fosse in grado di fare la cosa gigantesca che si stava ergendo tra le dune della sabbia.

Wiston e Patrick furono sbalzati in aria per più di due metri per poi ricadere doloranti. Raya ed Ella li aiutarono a sollevarsi e insieme iniziarono a correre.

La sabbia li rallentava e la paura non bastava per far avanzare più velocemente le gambe.

Alle loro spalle la creatura non sembrava particolarmente accelerare, ma forse non ne aveva bisogno: spalancò quella che poteva essere una bocca pronta ad inghiottirli interi o un cratere che trascinava nel vuoto eterno, come un buco nero. Come uno spasmo, i bordi si accartocciarono verso l'interno, per poi riversarsi all'esterno come se volesse rigurgitare qualcosa. E probabilmente lo fece, perché schizzarono fuori decine di piccoli esserini fatti di tentacoli gelatinosi e viscidi. Si abbassarono per evitarli, ma Patrick non fu abbastanza veloce e uno di quegli esseri si attaccò al braccio. Iniziò ad urlare e cercare di strapparselo di dosso, ma quelli iniziò a scavargli nella pelle, lacerandola e penetrando all'interno. Avanzò a velocità sostenuta, potevano vederlo strisciare abilmente sotto la pelle. Patrick cercò di fermarlo, ma questi raggiunse velocemente la gola. L'uomo si afferrò la trachea e spalancò involontariamente la bocca, forse cercando di vomitare via l'essere che stava prendendo possesso del suo corpo. Ma questi non si fermò cercando di comunicare con le sue corde vocali, continuò invece ad avanzare fin quando Patrick si afferrò le tempie con entrambe le mani e urlò con quanto fiato aveva in gola. Sgranò gli occhi e iniziò ad annaspare, ma riusciva ancora a stare in piedi, così cercando di sostenerlo, i suoi compagni ripresero la corsa. La nave non era molto lontana.

«Mi parla, mi sussurra» Patrick sembrava in preda al delirio, con gli occhi spalancati e la bava che pendeva dall'angolo delle labbra.

«Resisti, resisti, ci siamo quasi!» Continuava a ripetergli Wiston, ed effettivamente riuscivano a scorgere le luci della nave da lontano, ormai era molto vicina, anche se non sapevano esattamente come, e se, fossero stati in grado di aiutarlo. Il viso era quasi completamente ricoperto di vene scure che gli rendevano la faccia simile ad una cartina geografica.

Patrick si fermò all'improvviso e si voltò. Nessuna creatura, grande o piccola, li stava seguendo.

«Arrivano…» sussurrò.

«ARRIVANO! LI SENTOOO!» Urlò in preda al panico. Poi si afferrò nuovamente le tempie e urlò. Pochi secondi dopo, dalle narici iniziò a defluire sangue abbondante, così come dalle orecchie, scorrendogli lungo i polsi ancorati al viso. Negli occhi non era più visibile la parte bianca, la pupilla verde sembrava galleggiare in un lago rosso. Dagli angoli dei rivoli di sangue sgorgarono rigandogli le guance, fin quando esalò l'ultimo respiro e rilassando il corpo si accasciò nella sabbia sollevandola tutta intorno.

Non ebbero il tempo di metabolizzare l'accaduto che si resero conto che Patrick aveva ragione, stavano arrivando. La bestia schizzò di nuovo fuori dalla sabbia, sollevando un polverone simile ad un'onda gigantesca. Dalla sua bocca spasmodica, schizzarono fuori i piccoli mollicci e letali. Uno di loro stava per prendere in pieno viso Ella, ma Raya le si gettò addosso, proteggendola. L'essere le si attaccò alla spalla, mentre entrambe cadevano a terra.

Il bruciore fu incredibile, a Raya sembrò di avere la spalla a fuoco. Cercò di staccarselo da dosso. Era viscido e scivolava sotto le mani, ma dotato di forza incredibile, perché aveva aderito totalmente alla sua spalla e si stava facendo spazio attraverso l'epidermide. Le sue urla si unirono a quelle di Ella, mentre l'essere si insinuava attraverso la spalla e risaliva veloce verso il collo e la tempia.

Ella e Wiston la sollevarono da terra e la trascinarono verso la nave sempre più vicina.

Gli abitanti del pianeta ancora una volta erano spariti, ritirandosi nuovamente sottoterra.

Videro qualcuno andargli incontro, era Nicolai: «Che cosa è successo?»

Aveva un fucile laser tra le mani e non esitò a puntarlo contro Raya, quando vide che metà del suo viso si era ricoperto di vene scure.

«NO!» Urlò Ella, mettendosi tra i due.

«Potrebbe sopravvivere, dobbiamo aiutarla!»

Nick non accennò ad abbassare il fucile, ma i suoi occhi erano incerti su quello che fosse giusto fare.

«Anche se non riuscissimo a salvarla, l'essere comunque morirebbe con lei» le parole di Wiston sembrarono convincerlo e, anche se senza abbassare il fucile, li condusse all'interno.

6

Raya ansimava e si lamentava, distesa sul lettino nella sala medica. La dottoressa la infilò in tutta fretta in un tubo metallico per una TAC e il risultato fu esattamente ciò che si aspettava: l'essere si era agganciato alla materia celebrale e cercava in qualche modo di possederla; nonostante stesse resistendo più degli altri, Raya alla fine avrebbe ceduto e sia lei che il suo ospite sarebbero morti.

Ella non prese bene la notizia e decise di posizionarsi accanto alla donna e di vegliarla fino a quando si sarebbe ripresa. Perché non poteva morire anche lei, Ella non poteva accettare di perdere un'altra persona a cui si stava già legando. Questo non lo disse, ma lo pensò e ci sperò con tutte le sue forze.

Raya aveva il lato sinistro del viso completamente invaso da ragnatele scure, dall'orecchio colava sangue denso e l'occhio sinistro si stava ingrigendo, la pupilla non era quasi più distinguibile, e sembrava lottare con tutta sé stessa contro quell'essere che cercava di possederla anche solo qualche istante, prima della dipartita di entrambi.

Un rombo dalle profondità della terra catturò l'attenzione di tutti, poco prima che qualcosa di grosso e pesante urtasse violentemente contro la nave. Sembrò come una scossa di terremoto; persero tutti l'equilibrio e le luci lampeggiarono qualche secondo.

«Che succede?» Chiese la dottoressa.

Nick non rispose, ma corse fuori la stanza insieme a lei e a Wiston.

Nei corridoi trovarono il panico. In molti correvano senza meta, un allarme suonava e illuminava tutto di rosso con luce intermittente.

Tanji e Maya gli corsero incontro.

«Quella bestia è qua fuori!» Disse il primo. «Sta cercando di distruggere la nave!»

Una nuova scossa li fece sobbalzare. Quell'essere gigantesco stava certamente schiantando i suoi enormi tentacoli contro la loro nave, pronto a schiacciarli come sardine in una lattina.

Nick e gli altri si armarono e uscirono ad affrontarlo.

Raya voleva smettere di lottare. Sentiva quel *coso* sussurrarle all'orecchio parole incomprensibili. La vista le si stava annebbiando e le pareva che quei viscidi tentacoli stessero invadendo la stanza, oltre a schiacciarle la testa.

Una risata. Sentiva ridere. Una risata familiare, anche se non ricordava a chi appartenesse. Le labbra, il modo in cui si arricciavano ai lati per aprirsi in un largo sorriso, per lei, tutto per lei, solo per lei.

«*Promettimelo.*»

Cosa? Cosa doveva promettere? O cosa aveva promesso?

Lui non sorrideva più, la voce preoccupata, il tono lamentoso.

Un bacio sulle labbra morbide di lui. Un bacio sul petto. Dove un mezzo cuore scintillava pendendo da una sottile catena con inciso il suo nome: Raya. Poteva incastrarsi alla perfezione con quella che pendeva al suo collo, ma cosa c'era scritto su quella che portava lei?

Raya.

No, ora c'era scritto Raya, prima no, prima...

Una fitta lancinante alla testa la catapultò nuovamente in quella stanza asettica.

Qualcosa faceva ripetutamente tremare tutto, come se la terra stesse per aprirsi e inghiottirli interi.

Non la terra, una bocca.

«La bocca» disse con voce tremante.

«Cosa?» Le chiese subito ansiosa Ella.

«La bocca, muore... così...»

La ragazza rimase per un momento perplessa, poi comprese e corse via.

Fuori era il delirio.

Decine, centinaia, forse addirittura migliaia di quei viscidi esseri, rotolavano sulla sabbia, muovendosi freneticamente in ogni direzione, ma quando non attaccavano dall'interno, sembravano facili da distruggere con le armi laser.

Quello gigante, era tutta un'altra storia.

Una volta fuori, Ella si rese conto che non era

solo, ma altri due, con i loro giganteschi tentacoli, lanciavano sferzate contro la nave.

Individuò Nick che cercava di caricarsi sulle spalle quella che sembrava un'arma piuttosto potente. Una volta posizionata, premette il grilletto e da un foro bello grosso partì una scia luminosa che fece esplodere uno dei tentacoli che stavano per schiantarsi contro di loro.

L'arto esplose in un guizzo scuro simile a petrolio, ma che puzzava come un corpo in putrefazione. Nick sembrò soddisfatto, ma dopo uno stridulo acuto proveniente dalla creatura, il tentacolo si riformò in pochi secondi.

Ella corse verso l'uomo, iniziando ad urlare: «LA BOCCA, DEVI COLPIRE LA BOCCA!»

Nick si voltò a guardarla, poi senza esitare, riposizionò l'arma e aspettò che la grossa bestia si sollevasse come soleva fare prima di un nuovo attacco, e aprisse la bocca per rigurgitare i piccoli. Quando accadde, premette il grilletto e la scia laser colpì in pieno la bocca spalancata. Il colpo lo fece esplodere totalmente. Pezzi scuri e liquido melmoso e nero imbrattarono la sabbia tutta intorno, mentre loro cercarono di rifugiarsi per evitare di essere colpiti, non sapendo le possibili conseguenze.

Gli altri esseri, giganti e piccoli, si rifugiarono sotto la sabbia, battendo in ritirata.

«Come facevi a saperlo?» Chiese Wiston a Ella.

«Raya, è stata lei a dirmelo.»

«Come sta?»

Ella sgranò gli occhi preoccupata, per quanto tempo l'aveva lasciata sola? Si voltò e corse vie per raggiungerla.

La terra non tremava più, ma Raya si sentiva tremare comunque dall'interno. L'abitante di K22 che aveva nella testa aveva squittito quasi, come terrorizzato, e ora se ne stava in silenzio.

Qualcun altro le sussurrava cose, cose belle che lei però non riusciva a comprendere.

Poi di nuovo quella supplica.

«*Prometti.*»

«Cosa?»

«*Prometti di tornare da me.*»

Ma lei non era partita per ritornare, quel viaggio

non prevedeva un ritorno sulla Terra. Giusto?

Fronte su fronte.

Respiro contro respiro.

Labbra sfiorate.

«*Promettimelo...*»

Poteva prometterlo?

Forse lo aveva già fatto.

7

Era l'alba di un nuovo giorno su K22.

Dopo i danni inferti alla nave con l'attacco dei suoi abitanti irascibili, Wiston aveva ufficialmente decretato, che non sarebbe più stato possibile ripristinare il segnale di comunicazione con la Terra. L'unica possibilità che avevano era quella che sul loro pianeta di origine, ricevessero il segnale di S.O.S. e mandassero soccorsi. Nel frattempo, avrebbero dovuto sopravvivere su quel pianeta ostile. E come dar torto a quegli esseri: i terrestri avevano invaso il loro pianeta, credendo di poterlo colonizzare e quando loro si erano giustamente ribellati, li avevano uccisi. Oramai era una guerra che dovevano affrontare, una guerra per proteggere ognuno la propria specie.

La piccola stella cercava di illuminare quel pianeta che dopo quella terribile notte, dava una insolita impressione di calma e pace, con le sue dune sabbiose e brillantinate. Una pace che non sarebbe potuta durare molto.

«Sei stato coraggioso, cervellone» disse Nick a Wiston senza voltarsi a guardarlo. Questi si limitò a sorridere.

«E adesso?» Chiese Ella, quasi preoccupata della risposta.

«Aspettiamo che ci vengano a prendere» rispose Nick.

«Se sopravviviamo» obiettò Wiston.

«Coraggioso e sicuramente geniale, ma anche il solito guastafeste!»

«Cerco solo di essere realista.»

«Ne abbiamo sconfitto uno, se tornano, gli daremo la stessa accoglienza.»

«Saranno ancora più incavolati di prima.»

«Oh! Lo sono e come» disse una voce ammantata in un mantello con il cappuccio, poco distante da loro.

Raya si voltò verso i suoi compagni. Parte della guancia sinistra fino alla tempia e all'occhio, erano segnati da vene scure che si diramavano sottili sulla pelle. La pupilla irrimediabilmente grigia, ma vedeva ancora, diversamente a volte, ma ci vedeva.

«Ma c'è una differenza adesso» disse.

«Cioè?» chiese il biondo.

«Ora, li sento!».

BUONANOTTE E SOGNI D'ORO

DANIELA E.

CARPE DIEM

DANIELA E.

CARPE DIEM

1

Non so esattamente com'è iniziata la mia avventura... o la mia disavventura; forse, come usa spesso fare il destino, semplicemente, tutto l'universo si era predisposto affinché tutto ciò che è accaduto, accadesse.

Per narrarvi la mia storia credo sia il caso che io parta dal principio.

La prima cosa che dovete sapere di me è probabilmente il mio nome: mi chiamo Marcus, Marcus De Leo Acace, per l'esattezza; ho diciotto anni, frequento l'ultimo anno del liceo e non so esattamente cosa voglio fare da grande; in realtà lo so, voglio scrivere poesie, essere un poeta ribelle e anticonformista, ma mia madre Evelina dice che dovrei anche avere un piano B, perché di sola letteratura è difficile vivere, soprattutto di poesia. A proposito, ho due madri e, no, vivere con due donne genitori non mi ha reso omosessuale, anzi, nonostante la mia giovane età posso già vantarmi di aver avuto qualche esperienza, e tutte rigorosamente etero.

Posso anche vantarmi di avere un fisico abbastanza definito, i miei amici spesso mi prendono in giro sostenendo che ho più addominali che neuroni, ma non è vero, sono anche molto intelligente, e lo sanno.

Ho una voluminosa massa di ricci che dominano la mia testa e due grandi occhi nocciola di cui mi vanto particolarmente: con la luce, si possono notare all'interno dell'iride delle pagliuzze rosse che personalmente adoro.

Ho una vera e propria ossessione per le parole e ogni volta che ne ho l'occasione, apro il vocabolario e leggo una parola a caso. Amo leggere anche poesie, ovviamente, e strimpello un po' il pianoforte, una malsana idea delle mie mamme che si erano messe in testa che sarebbe stato carino se avessi imparato a suonare uno strumento musicale, idea abbandonata per il mio scarso impegno e sostituita in favore del nuoto, perché "fa bene alla schiena", anche quello mi annoiava ma l'ho praticato per qualche anno guadagnando delle spalle più grosse e una buona dose di autostima.

Ho tre grandi amici: Kenji, di origine giapponese ma di cui conosce solo i manga; Tim, eccentrico e orgogliosamente omosessuale (e sì, è cresciuto con una coppia di genitori etero, tradizionali e religiosi) e Paolo, nerd incallito e adorabile sociopatico. Ho una cotta terribile per la mia giovane insegnante di Lettere: trentadue anni e bella da mozzare il fiato, soprattutto il mio. Per un briciolo della sua attenzione farei qualunque cosa, ma proprio qualunque, e questo mi conduce direttamente al fulcro di questa storia.

Altra cosa da non sottovalutare e che dovete sapere di me, è che sono morto.

Ora vi starete chiedendo come possa dilettarmi nel raccontare questa storia se ormai sono un'abitante dell'oltretomba ed è proprio questo il punto, perché questa è una storia decisamente fuori dal comune e se volete addentrarvi in essa, perché ormai ho acceso la vostra curiosità, sappiate che non è per stomaci delicati o deboli di cuore.

2

Il giorno in cui tutto è iniziato ero ancora vivo e godevo di buona salute e una giusta dose di fascino e sarcasmo. Era una mattina di fine autunno, ancora caldo e piacevole, ed ero pronto alla prima gita dell'ultimo anno scolastico prima del diploma. Ero super carico e pronto a godermi l'avventura, governato da quell'aura di immortalità che domina la giovane età ed ero certo che quella gita non l'avrei mai dimenticata, ma non di certo per i motivi che l'hanno resa tale.

Eravamo partiti da qualche ora e non avevo idea di quanto ancora potesse mancare né dove fossimo; avevo pisolato per quasi tutto il tempo, fin quando i miei tre *cari* amici avevano iniziato a litigare per qualcosa che ignoravo e di cui mi interessava poco, borbottai e gli lanciai lo zaino abbastanza pesante per il vocabolario che portavo sempre con me e credo che colpì uno di loro, ma anche di questo mi interessava poco. Tim lo raccolse e me lo restituì, sembrava abbastanza soddisfatto quindi dedussi che non avessi colpito lui con lo zaino e che fosse anche la vittima della diatriba. Gli osservai le unghie laccate con uno smalto pieno di sfumature colorate.

«Cos'è? Piscio di unicorno?» gli dissi. Tim sollevò il sopracciglio perfetto e disse qualcosa che non udii, perché in quel momento l'oggetto dei miei desideri aveva appena chiesto al microfono del pullman se andasse tutto bene, ricevendo un *sì* sfiatato dalla maggior parte, ma sembrò soddisfatta e ne immaginai il sorriso, nonostante dalla posizione in cui ero (seggiolini in ultima fila) riuscivo solo ad intravederne la chioma dorata.

Mi riaccomodai nel mio angolino, dando una fugace occhiata alla mia sinistra e notando distrattamente Paolo che si carezzava la barba poco curata (probabilmente avevo beccato lui in pieno volto con lo zaino). Aprii *l'arma del delitto* e afferrai il mio adorato vocabolario, pronto a rilassarmi.

desidèrio: Sentimento intenso che spinge al possesso; conquista di ciò che appaga i propri bisogni; appetito sensuale.

È incredibile come spesso, ciò che sembra causale, con molta probabilità è dettato dal destino che, di tanto in tanto, vuole comunicarci qualcosa.

3

Arrivammo dopo circa un'ora e non volevo altro che sgranchirmi le articolazioni. L'aria era più fresca, forse per il tardo pomeriggio o per l'altezza maggiore in cui ci trovavamo. La vegetazione era piuttosto fitta intorno a noi e molti miei compagni sembravano entusiasti delle gite che ci aspettavano e del corso di sopravvivenza, a me non importava né l'una né l'altra cosa, ero lì perché... cavoli era una gita e non l'avrei persa per nulla al mondo, anche se avrei dovuto sorbirmi lezioni su come accendere un fuoco se mi fossi perso in qualche foresta nel mondo. Non c'era il minimo rischio di perdermi in nessuna giungla, foresta o cespuglio in qualche remoto angolo di terra, semplicemente perché non ci sarei mai andato.

«Ciao, Marcus!» Livia Parenti si era piazzata davanti a me, con un grande sorriso radioso che evidenziava lo spazio tra i due denti centrali, che non avevo ancora capito se trovavo simpatico o fastidioso; i capelli scuri le circondavano morbidamente il viso e mostrava, come sempre, il seno prosperoso che metteva maggiormente in mostra inarcando la schiena talmente tanto che mi meravigliavo sempre come non si spezzasse. Sembrava una papera con la scoliosi.

«Ciao, Livia.»

Restai qualche secondo ad osservarla imbambolato, mentre pensavo a cattiverie che lei sicuramente travisava, scambiando i miei occhi stralunati e infastiditi per qualche strano languore.

Sentii un braccio intrecciarsi al mio e fui sollevato nel costatare che Tim mi stava salvando da qualche pessima figura... o peggio.

«Pare abbia intenzione di perdere la verginità questo fine settimana» disse il mio amico, mentre ci allontanavamo.

Ecco. Appunto.

«E indovina chi è la vittima sacrificale?»

Perfetto. Orribilmente perfetto.

«Non ho intenzione di contribuire a nulla di tutto

ciò» sentenziai, osservando le sue ciglia allungate con il mascara e il gloss che mette di continuo, come un tic. Dice che lo rende sé stesso e sarà anche vero ma solo perché palesa la sua omosessualità senza che debba farlo lui ogni volta. Come se fosse doveroso specificarlo a tutti. Ho sempre creduto che dovesse importarci dell'orientamento sessuale di un'altra persona solo se ci vogliamo andare a letto. Ma evidentemente non tutti la pensano allo stesso modo.

«Ovviamente, hai altro a cui pensare» continuò Tim, indicando con lo sguardo la prof. Marinetti, Alessandra Marinetti, bella da mozzare il fiato, soprattutto il mio, ma questo credo di avervelo già detto.

«Solo una cosa, cerca almeno di non sbavare ogni volta che respira».

Cretino. Ma forse era vero.

4

Dopo una troppo lunga e noiosissima presentazione dello staff e bla bla bla, andammo finalmente a cena, dove ricordo che tutto mi sembrò gustoso, forse perché ero terribilmente affamato; poi ci assegnarono le stanze: erano piccoli bungalow in legno, con il bagno in camera (ero particolarmente in ansia per l'ipotesi di dover condividere il bagno come nei campeggi) e due letti a castello per un totale di quattro persone, quanti ne eravamo io e i miei amici. Perfetto.

Ci lasciarono libera la serata, con il coprifuoco alle dieci, il che significava che per quell'ora esatta tutte le luci dovevano essere spente e noi a nanna, come nelle carceri dei film e delle serie TV che avevo sempre visto.

Mancavano ancora trenta minuti abbondanti e non avevo intenzione di rintanarmi prima del tempo, così uscì fuori al bungalow con cartina, tabacco e filtro, intenzionato a fumarmi una sigaretta; non ero sicuro di avere il permesso di farlo, ma ero maggiorenne, dopotutto.

Ero tutto intento ad arrotolare la cartina, quando una risata acuta attirò la mia attenzione verso destra, poco prima di vedere spuntare la sagoma di Livia sotto il braccio della sua amica (dalla risata acuta) di cui non ricordavo il nome, ma di un finto biondo così acceso da sembrare un faro nella notte. Erano dirette ai bungalow delle ragazze e sarebbero passate sicuramente accanto a me, dove Livia avrebbe fatto di tutto per attirare la mia attenzione; anche io avrei fatto di tutto per evitarla, compreso fare un balzo di più di un metro per raggiungere fugacemente la fitta foresta di alberi che avevo di fronte. Il buio era maggiore e tra i rami non mi avrebbero notato. Così fu. Le vidi passare ridacchiando senza neanche voltarsi verso di me. Ottimo. Stavo per tornare indietro, quando una voce di donna chiamò il mio nome: «Marcus». In un primo momento credetti di udire la voce della professoressa Marinetti, ma forse Tim aveva ragione, ne ero così ossessionato da iniziare anche ad avere le allucinazioni uditive.

«*Marcus.*»

Quel richiamo mi sembrava comunque familiare, era dolce e mi accarezzava la mente quasi ovattandola.

Mi incamminai verso gli alberi, il buio sempre maggiore non mi permetteva di vedere nulla, eppure ero convinto che quella fosse la direzione giusta...

«*Marcus, Marcus.*»

Le foglie secche scricchiolavano come patatine fritte sotto le suole delle mie scarpe e quello era l'unico suono che si udiva, oltre la voce che mi chiamava. Anche il mio respiro sembrava particolarmente silenzioso, forse stavo trattenendo il fiato. Sicuramente lo feci quando una fitta nebbia mi circondò. Sembravano tanti serpenti che mi danzavano intorno, sinuosi, forse letali... forse no...

Uno mi circondò il polso destro, riuscì quasi a vederlo spalancare la bocca e addentarlo. Inizialmente sembrava inconsistente, ma poi strinse e quella che mi sembrava la bocca di un serpente, parve poi una catena, che stringeva, potevo quasi sentire il freddo del metallo.

«Marcus!»

Quella volta la voce era maschile e decisamente familiare, era di Kenji che insieme a Tim e Paolo mi osservavano leggermente confusi.

Solo allora mi accorsi di aver lasciato cadere il tabacco e il resto e che non c'era assolutamente nessuna nebbia. E i miei amici probabilmente si stavano chiedendo cosa ci facessi immobile in mezzo agli alberi.

Dormivo, in piedi, con gli occhi aperti. Forse stavo diventando sonnambulo. O la mia fantasia aveva per un momento preso il sopravvento.

«Che cavolo fai? Sono quasi le dieci»

«Niente, arrivo» ero ancora confuso, forse avevo solo bisogno di riposare un po'.

Confusióne: elementi distribuiti in manera errata e senza criterio. Situazioni mescolate insieme alla rinfusa. Incapacità di ordinare i pensieri.

Quella notte sognai. Mi capita spesso ed è una

cosa che mi piace molto. Sembra come una sorta di avventura, un film dove il regista è l'inconscio della tua mente. Ma quella notte sognai la nebbia, e le fiamme che avvolgevano la foresta. Sognai una voce, ma non invocava soave il mio nome, urlava, urlava e malediceva. Malediceva ogni cosa, malediceva tutti, per l'eternità.

5

La mattina dopo non ripensai al sogno, per quale motivo avrei dovuto farlo? Era soltanto un sogno. Mi vestii, colazione abbondante e ciondolando e scherzando con i miei compari andammo alla prima lezione di sopravvivenza: *Cosa fare se ti perdi in un bosco*. A quanto pareva era una vera ossessione la loro, mentre io continuavo a pensare al perché mi sarei dovuto perdere in un bosco; certo doveva essere un pericolo tangibile per un'escursionista perdersi nel bosco, ma io volevo fare il poeta, non l'escursionista.

L'esperto parlava da trenta abbondanti minuti, continuando a sorridere, mentre per me era un vero mistero il perché lo facesse visto che parlava di come sopravvivere per giorni senza acqua, cibo ed essere esposti a letali pericoli.

«Io sarei terrorizzata a morte» Livia era apparsa alle mie spalle e mi sorrideva mettendo in mostra lo spazio tra i denti.

«Già!» Mi limitai a dire, lei disse qualcos'altro, ma non la compresi perché in quel momento un'altra guida, una donna da un folto caschetto di capelli neri e una voce squillante, ci invitò ad addentraci nel fitto bosco.

Le foglie secche scricchiolavano sotto le mie scarpe come la sera prima, ma con la luce del giorno che filtrava dai rami, quegli alberi erano decisamente meno inquietanti.

«Questo è un posto poco frequentato dagli abitanti del posto, ecco perché è diventato una riserva naturale. La superstizione è difficile da distruggere, anche nel terzo millennio, alcune storie vengono tramandate da generazioni in generazioni» iniziò a raccontare. «Durante quella che viene considerata la "caccia alle streghe", molte persone, molti popolani approfittarono della situazione, cercando di liberarsi e di distruggere ciò che li spaventava. Agli inizi del 1700, dove ora ci sono i vostri bungalow, c'erano le case e le baracche degli abitanti del paese; ci viveva anche una donna, dalla bellezza straordinaria, pare che ogni uomo del villaggio che la guardasse negli occhi, se ne innamorasse e che questo avesse condotto molti uomini alla pazzia. Conosceva molti rimedi ad alcune malattie e come successe a tanti in quel periodo, era soggetta a sospetti e ad accuse sul fatto che praticasse la magia. Poteva guarire dalle malattie con le sue pozioni, ma secondo la leggenda del luogo, anche vendicarsi di un torto subito, poteva provocare atroci sofferenze e anche indurre alla morte. Tra gli uomini che subirono il suo fascino, ci fu un giovane che se ne innamorò follemente, a quanto pare, ricambiato. Era il promesso sposo della figlia del capo villaggio e fu proprio lei a scovare i due amanti, in questo bosco, nudi, che si rotolavano nella terra sotto il cielo stellato. La ragazza per il dolore del tradimento, si uccise; qualcuno disse che era stata la donna stessa ad avvelenarla, con uno dei suoi filtri. Il padre di lei convocò una riunione per chiedere il sostegno dei suoi compaesani, vendetta per la sua perdita e decidere cosa fare con la donna, che alla fine fu condannata al rogo. La condussero in questo bosco per bruciarla viva. Mentre il suo corpo ardeva tra le fiamme, lei li maledisse, li maledisse tutti.

«Il corpo del suo giovane amante fu ritrovato poco tempo dopo senza vita, nel bosco, pare fosse impazzito dal dolore e avesse vagato per giorni in cerca del fantasma della sua amata. In quanto alle persone del villaggio, chiunque nei mesi successivi entrò in questo bosco, fu ritrovato morto, con il corpo bruciato e le ossa spezzate, in sette mesi, furono sterminati tutti.»

«Tutti tranne uno!» Una voce rauca ruppe bruscamente l'atmosfera che si era creata. Un uomo alto, con spalle e mani grandi, barba e l'aria trasandata si avvicinò lentamente al nostro gruppo. Indossava delle scarpe da tracking, pantaloni cachi con i tasconi e una camicia dello stesso colore che trovavo troppo leggera per il fresco di quei giorni ma, probabilmente, lui ci era abituato.

«Lui è il signor Pastori!» Spiegò l'altra guida, l'uomo.

«È il guardiano del posto. Vive qui in pianta

stabile» continuò dandogli una pacca confidenziale sulla spalla, cosa che Pastori non sembrò apprezzare particolarmente, vista la sua espressione disgustata osservando le mani curate dell'altro che contrastavano con le sue, che anche a qualche metro di distanza, si notava fossero sporche di terra.

«Uno. Uno solo è sopravvissuto» continuò il guardiano, sorvolando su qualsiasi altra presentazione e convenevole.

«Un mio antenato. Ha promesso alla strega di prendersi cura di questi boschi, per anche tutte le generazioni a venire, in cambio di avere risparmiata la vita, sua e quella dei suoi discendenti.»

«Quindi vive qui per quella promessa?» Disse una ragazza con i capelli castani e lunghi che non conoscevo.

«Esatto, ragazzina! Così come ha fatto ogni mio antenato, ma questa storia finirà con me. Non sono sposato e non ho figli, alla mia morte la strega dovrà badare a sé stessa. Ma credo che sia benissimo in grado di farlo!» Guardò un punto imprecisato tra gli alberi, poi aggiunse: «Certe promesse sarebbe meglio non farle, sono peggio della morte.»

«L'ha mai vista? La strega, intendo» questa volta fu Tim a parlare.

«No, ma l'ho sentita.» Poi sollevò leggermente un angolo delle labbra, come la storpia imitazione di un sorriso e si allontanò, lentamente, come fluttuando, e silenziosamente, così come era arrivato.

So cosa state pensando: Ehi! La sera prima hai avuto una sorta di esperienza extrasensoriale, la notte hai sognato una donna che malediceva tutti mentre bruciava viva tra le fiamme e ora ti stanno raccontando di un'ipotetica strega messa al rogo nel 1700 che morì lanciando maledizioni qua e là. Insomma, bastava il primo motivo per trovare una qualsiasi scusa e tornarmene a casa. Punto, fine della storia e continuo a vivere la mia vita. Ma avevo diciotto anni, un menefreghismo post adolescenziale impregnato di curiosità e mescolato a quel famoso senso di onnipotenza che ti fa costantemente dire: non posso morire, sono giovane e sono il protagonista della mia storia, sono... io.

Carpe diem dicevano gli antichi latini, bisogna "cogliere l'attimo" e quello sarebbe stato il mio, ma sapevo ben poco dei latini e dei loro modi di dire, sapevo solo che ero il protagonista della mia storia.

Ergo, sollevai il sopracciglio vagamente preoccupato, corrucciai le labbra pensieroso, breve elaborazione sul possibile da farsi, sorriso strafottente in stile *«che vuoi che succeda?»*.

Tutto. Sarebbe successo di tutto.

Rìschio: eventualità di assoggettarsi a danni collegata a circostanze più o meno prevedibili.

Penserete inoltre che qualcuno fosse sicuramente rimasto turbato dalla inquietante storia e dell'altrettanto testimonianza del guardiano.

Niente di più inverosimile.

Anzi, la sera, rigorosamente ben oltre il coprifuoco, quando i prof si erano abbandonati tra le braccia del buon vecchio dio Morfeo, convinti che i loro pupilli fossero al sicuro nelle loro *cullette*; ci organizzammo per una breve gita notturna nel bosco, mettendo alla prova il nostro coraggio, ridendo a crepapelle quando qualcuno sobbalzava al minimo rumore e fruscio delle foglie.

Se davvero ci fosse stato lo spettro di una donna morta secoli prima, sarebbe sicuramente arrivata a friggerci tutti per disturbo alla quiete dei defunti. Stavamo urlando come matti ed ero meravigliato che nessun insegnante fosse stato svegliato dalle nostre risa.

«Non ti stacca gli occhi da dosso» mi disse sottovoce Paolo, riferendosi a Livia, e se lo aveva notato lui...

Io non commentai, ci pensò Tim: «Vorrebbe mettergli altro addosso, oltre gli occhi!» E prese a ridere insieme a Kenji. Io lanciai un fugace sguardo a Livia e approfittando del fatto che fosse stata distratta dalle sue amiche, mi alzai: «Vado a fare pipì» annunciai e mi addentrati tra i fitti alberi per evitare che Livia mi avvistasse e seguisse e per un secondo pensai che forse avrei dovuto prestare attenzione ai suggerimenti sulla sopravvivenza, in caso mi fossi perso nella boscaglia, ma pensai anche che avrei sempre potuto contare sul mio fedele smartphone, se avesse sempre avuto campo.

Mi fermai in un angolino accanto ad un albero che sembrava stare lì da secoli e feci per sbottonarmi i pantaloni, quando mi senti osservato. Il mio primo pensiero fu Livia, ma probabilmente avrebbe già palesato la sua presenza. Sentii l'ormai familiare scricchiolio delle foglie sul terreno e un respiro simile a un rantolo.

«Ragazzi, lo so che siete voi» il pensiero a qualche stupido scherzo dei miei stupidi amici.

«Dai ragazzi, piantatela!»

Silenzio.

Poi ho un ticchettio intermittente.

«Non fate ridere!» Continuai, fingendo una tranquillità che in realtà non avvertivo: ero sempre più scettico sul fatto che fossero i miei amici che volevano farmi uno scherzo, ma non avrei mai e poi mai ammesso di essermi lasciato suggestionare da una storia di streghe e fantasmi.

Gli alberi e le piante intorno a me svanirono prima ancora che me ne rendessi conto; la nebbia, fitta come la notte precedente, mi stava avvolgendo, più densa che mai.

Tutto intorno a me era ormai bianco.

L'unica cosa visibile in quel muro ovattato, era un albero di fronte a me, maestoso, inquietante.

Di nuovo un sospiro.

Poi un rantolo.

E quel ticchettio.

Dopo qualche secondo, vidi cosa lo provocava. Inizialmente credevo fossero rami che avanzavano verso di me, poi distinsi delle lunghe dita sottili, con unghie che parevano marcie, ricurve, come artigli. La pelle era bruciata, anche con la poca visibilità, si notava il sangue raggrumato e la pelle viva che sbucava da brandelli di pelle che penzolavano dalle estremità.

Ma la cosa peggiore, era tutto il resto.

Le mani appartenevano ad una figura ammantata in un mantello scuro. Delle ciocche di capelli unte e sporche di terra, penzolavano flosce dal cappuccio sollevato sulla testa, dal quale mi parve di intravedere due occhi gialli e denti marci e aguzzi. Facevano capolino da una bocca senza labbra che si tendeva nella tetra simulazione di un sorriso, che non aveva nulla di affabile e simpatico.

Di nuovo quel rantolo, accompagnato da un rivolo di bava giallognola che penzolava da quella distorta apertura, per poi staccarsi e finire sul terreno.

Avrei urlato, decisamente. Ma la voce si era bloccata da qualche parte nell'esofago lasciando allo stesso destino il mio corpo immobile e la mia anima terrorizzata e pronta al peggio nel bel mezzo di un bosco. Questo, ero quasi certo, non ci sarebbe stato fra gli argomenti del corso di sopravvivenza e neanche il mio smartphone avrebbe saputo come aiutarmi.

Ero fottuto.

Non so esattamente quanto tempo passò prima che riuscissi a muovere un solo muscolo, ma quando accadde, tutto il resto lo seguì e mi ritrovai a correre.

Altro problema era la nebbia, ancora fitta, non mi permetteva di vedere dove andassi, ma poco mi importava, l'unica cosa che volevo era mettere distanza tra me e qualunque cosa fosse quell'essere.

Più mi allontanavo, più notavo che la nebbia si

diramava, dandomi una maggiore visuale.

Mi bloccai di colpo.

A pochi metri da me, la professoressa Marinetti era immobile, le braccia dritte lungo il corpo. Indossava una t-shirt verde e dei pantaloncini neri; forse aveva sentito delle voci nel bosco ed era venuta a controllare.

«Professoressa.» Mi avvicinai rallentando il passo e cercando di riprendere fiato, non solo per l'estenuante corsa ma anche perché mi ero accorto solo in quel momento di averlo trattenuto con un probabile record da campione del mondo di apnea.

A pochi passi da lei, notai che i suoi occhi erano bianchi, la pupilla era sparita e non rispondeva al mio richiamo. Era immobile. Pareva senza vita.

«Professoressa» continuai.

«ALESSANDRA!» Urlai, scuotendola per le braccia.

Come un nuotatore che fuoriesce dall'acqua, inspirò, trattenendo un urlo e restò a fissarmi stralunata, confusa. Poi osservò ancora più sconcertata qualcosa alle mie spalle.

Quando mi voltai, l'essere di prima era a pochi

metri.

Ferma.

Immobile.

Il petto non era scosso neanche dal più piccolo respiro, eppure continuava ad emettere costantemente quel rantolo.

Si abbassò il cappuccio e lasciò scivolare lungo il corpo il mantello, che cadde ai suoi piedi.

Era il corpo di una donna, o almeno di ciò che ne restava: era nuda, la pelle era completamente ustionata, non un solo centimetro era esonerato da vesciche grondanti pus e croste scure come catrame. Sembrava essere uscita direttamente dalle fiamme dell'Inferno.

Non mi ero sbagliato, i suoi occhi erano veramente galli, completamente, solo le pupille nere potevano distinguersi in quei due pozzi acquosi come il piscio di un demone.

Se ne restava immobile a fissarci, sorridendo dalla fessura che aveva come bocca. A poca distanza e senza il cappuccio ad oscurarne la visuale, era evidente quanto i denti fossero marci, come quelli di un cadavere in putrefazione e non mi sarei meravigliato se fosse spuntato qualche verme. Come se avesse udito i miei pensieri, spalancò la bocca. Sembrava un antro oscuro, nel cui perdere la ragione oltre che la vita. Profonda.

Scura.

Dai lati gocciolò un liquido scuro che credo fosse terra mista a bava. Dalla gola scaturì un grido soffocato. Se avesse urlato utilizzando le corde vocali, avrebbe fatto meno paura, ma quel grido veniva dalle profondità della sua anima oscura e tormentata. Mi rimbombò nella testa e nelle orecchie come se avesse urlato a oltre cento decibel e sentii il corpo scattare all'indietro come se mi avessero spintonato. Ma quello mi servì per voltarmi, afferrare il braccio della bella professoressa e scappare via.

Non seppi se ci stesse inseguendo, non mi voltai mai indietro; forse non aveva bisogno di rincorrerci, forse poteva smaterializzarsi e materializzarsi.

Quando la luce della luna divenne più forte e la vegetazione meno fitta, ebbi finalmente il coraggio di voltarmi indietro. Non c'era nessuno. Ma non fui meravigliato, ero certo di essere vicino a dove mi ero accampato con gli altri, potevo sentire già qualche risolino attutito in lontananza e mi sentii più tranquillo. Al sicuro. O quasi. Dovevamo allontanarci da quel posto. Era veramente maledetto.

«Resti qui, torno subito» dissi alla prof. Marinetti, che non ebbe nulla da obiettare, restandosene poggiata ad un albero, a piedi scalzi, gli occhi sgranati e persi nel vuoto e nella paura e le braccia che cingevano il corpo. Ebbi l'istinto di abbracciarla; mi resi conto in quel momento quanto nonostante la differenza di età, lei fosse piccola e magra rispetto a me. Mi trattenni comunque, sarebbe stato decisamente fuori luogo: un demone (o qualunque cosa fosse) ci stava, con molta probabilità, cercando, inoltre lei era la mia insegnante. E dovevo avvisare gli altri.

Corsi verso le voci e li trovai tutti tranquilli a ridere e scherzare, tanto che soltanto i miei amici notarono la mia espressione terrorizzata e il mio pallore.

«DOBBIAMO ANDARCENE!» Iniziai ad urlare.

«STANNO ARRIVANDO I PROF!» Bastò questo a farli scattare come molle e senza che ci fosse bisogno di aggiungere scuse e spiegazioni, in pochi secondi raccolsero i plaid che avevamo portato e scapparono via.

I miei amici mi osservarono confusi e dubbiosi.

«Controllo che non ci vedano. Andate, arrivo subito» dissi per tranquillizzarli e parve bastare.

Tornai da dove ero arrivato e ritrovai la professoressa nell'esatta posizione in cui l'avevo lasciata. La presi per mano, era fredda e tremolante, e la condussi fuori dal bosco fino al suo alloggio. La porta era aperta, probabilmente l'aveva lasciata così lei quando era uscita; per fare cosa o andare dove, non ne avevo idea.

Quando entrò si sedette ai piedi del letto e iniziò a tremare. Sembrava sforzarsi di trattenere anche dei conati di vomito.

Io non sapevo cosa dire. Era tutto così assurdo.

«Perché era lì?» Le chiesi, senza rendermene conto.

«Non lo so. Ricordo di essermi messa a letto

e credo di essermi anche addormentata. Mi sono risvegliata con te, nel bosco.»

«Quella cosa...» cercai di dire, ma lei mi interruppe: «L'ho sognata» disse e finalmente mi guardò negli occhi.

«Anch'io» ammisi. «Che bruciava, malediceva. E ieri notte è successo qualcosa... la nebbia...» improvvisamente sentii i miei giovani anni remarmi contro. Avvertii il corpo tremare e tutta l'assurdità della situazione e l'incertezza sul da farsi, prendere il sopravvento.

Marinetti si alzò e parve acquistare lucidità e sicurezza.

«Non possiamo dirlo a qualcuno. Ci crederebbero matti. Ora vai nella tua stanza e cerca di comportarti normalmente. Penserò al da farsi e domani vedremo. Credo che sia legata al bosco e non vi esca mai» disse l'ultima frase in riferimento a *quella cosa* e sicuramente per tranquillizzarmi. Effettivamente credevo di poter svenire da un momento all'altro.

Feci come mi disse. Entrai nella mia stanza e rivolsi qualche sorriso forzato ai miei compagni di stanza elettrizzati per essere scampati ad un agguato dei professori. Mi misi nel letto, ma anche se fossi anch'io convinto che la strega non potesse raggiungerci nel campeggio, non riuscii comunque a chiudere occhio.

6

Solo all'alba riuscì ad addormentarmi, ma dopo solo due ore ero già in piedi. Durante la colazione avvicinai la prof. Marinetti, sembrava aver ritrovato vigore, aveva un buon colorito e i capelli (forse più scuri del solito) raccolti in una coda alta, ai miei occhi sembrava la donna più bella del mondo.

«Ci ho pensato a lungo, dobbiamo parlare con il guardiano del posto, è l'unico che ci crederebbe» disse, dopo un veloce saluto.

Ero d'accordo, lui era l'unico a cui avremmo potuto raccontare quegli strani avvenimenti senza che ci ridesse in faccia o che chiamasse un centro di igiene mentale con camicia di forza inclusa nel pacchetto. O almeno, era quello che speravo. Insomma, la sua poteva essere anche una semplice pantomima, una scenetta che ripeteva a tutti gli ospiti in un loop infinito. Ma questo non lo dissi a lei.

Lo raggiungemmo alla sua baita, sembrava curata paragonata all'aspetto trasandato che invece emanava lui. Durante il tragitto, cercai di non volgere lo sguardo al bosco, l'idea di intravedere tra gli alberi quegli gli occhi gialli, mi terrorizzava.

Pastori stava sistemando della legna, accatastandola in un lato del suo alloggio. Aveva la camicia bagnata in alcuni punti e visto le gocce che aveva sulla fronte doveva essere sudore, che si asciugò dalla faccia con una pezza sporca che raccolse da terra. Se non avessi avuto altri problemi, mi sarei disgustato maggiormente.

«Signor Pastori, dobbiamo parlarle» disse la professoressa con tono apparentemente calmo.

Mi sarei aspettato una faccia disgustata da parte di lui, che ci avesse risposto sgarbatamente, che si fosse rifiutato di sentire qualunque cosa avessimo da dirgli a prescindere dall'argomento, che ci avesse voltato le spalle senza neanche degnarci di attenzione, fino ad anche la remota possibilità che si fosse seduto a gambe incrociate e con grande attenzione avesse ascoltato la nostra strampalata storia come un bambino ascolta una fiaba.

Tutto. Tutto, tranne quello che accadde.

Bastarono quelle semplici parole per far impallidire il suo colorito acceso. Fece scorrere lo sguardo da lei a me e viceversa, quasi freneticamente. Lo sguardo ancora più corrucciato del solito. D'un tratto, con le sue mani lerce, afferrò il mento della professoressa e lo sollevò per guardarla negli occhi. Io lo strattonai via e la allontanai da lui di un metro.

Pastori osservò il mio braccio che disteso metteva una barriera tra lui e lei. E scosse lentamente il capo.

«Sapevo che prima o poi sarebbero arrivati i guai» disse infine, ed ebbi la sensazione che sapesse già tutto.

«L'avete risvegliata!» Sbottò poi.

«Noi non abbiamo fatto nulla» risposi.

«Sì invece!»

«Che significa?» Chiese Marinetti.

«Siete stati voi a risvegliarla, con la vostra presenza.»

«Come avremmo fatto?»

L'uomo mi osservò e fece nuovamente scorrere lo sguardo sul mio corpo che fungeva da barriera tra loro due.

«Chiedilo a lui» disse infine.

«Credevo che non dormisse, la strega intendo, avevo capito che lei non l'avesse mai vista ma sentita sì» obiettai.

«Infatti, ma voi due avete risvegliato la sua collera o il suo desiderio più grande.»

«E quale sarebbe?»

Lui volse lo sguardo verso la legna ormai dimenticata: «La sua vendetta era compiuta, la sua anima avrebbe potuto raggiungere qualunque posto, l'Inferno, il Paradiso o stronzate simili; ma non lo ha fatto, non lo ha fatto perché l'anima del suo amante è bloccata qui. Lui è morto cercandola, ma non l'ha mai trovata e ora la sua anima vaga nel bosco senza meta, confusa. Lei lo cerca da più di trecento anni, ecco perché risparmiò il mio antenato: affinché nel tempo, di generazione in generazione, avremmo protetto il bosco finché lei non avesse ritrovato l'anima del suo amante, per poi unirsi a lui per l'eternità.»

«Questo è molto romantico, ma non vedo cosa

c'entriamo noi.»

Il guardiano mi osservò come si osserva un bambino a cui hai spiegato perché non deve fare qualcosa, ma lui non sembra aver compreso: «Quel giovane, perse la ragione vagabondando nel bosco per giorni, alla ricerca di uno spettro; il dolore lo aveva sopraffatto e quando accade, quando l'anima muore nella follia, nel dolore e nella disperazione, non sai più chi sei. È questo che è accaduto a lui, vaga senza meta, senza sapere più chi è, tanto da non riuscire neanche a palesarsi a colei che si è eletta regina di questo bosco» poi dopo una pausa di qualche secondo, continuò senza che chiedessi altre spiegazioni: «Tu le ricordi lui e spera che possa ricordare alla sua anima chi era. Le servi. Le servite entrambi.»

«E io cosa le ricordo?» Chiese la professoressa, sentendosi presa in causa.

«Nulla, ma sei l'oggetto del suo desiderio» rispose Pastori indicandomi, Sarei sprofondato dalla vergogna se non avessi avuto la mente confusa dalla miriade di informazioni che stavo avendo.

«Così come lo era la strega per il suo amante. Attraverso te, vuole attrarre lui.»

Alessandra Marinetti ebbe un sussulto, poi avvertii il suo corpo irrigidirsi alle mie spalle.

«Vuole possedermi?» Chiese, con la voce che non nascondeva più il terrore.

«Lo sta già facendo, i tuoi capelli si stanno scurendo e i tuoi occhi diventando più chiari. Stai prendendo le sue sembianze.»

«Dobbiamo andarcene, dobbiamo andarcene tutti!» Esplosi, ormai sembrava che ogni parola aggiunta fosse un minuto che passavamo in più in quel posto, che ci attraeva verso la morte.

«L'altra alternativa è quella di farti possedere dall'anima vagabonda e farla trapassare insieme a quella della strega, ma nessuno è mai sopravvissuto ad una cosa simile.»

«Come fa a sapere tutte queste? Cose come facciamo a sapere che non si sta solo prendendo gioco di noi?» Chiese alla prof.

«Sono in questo posto di merda da molto tempo, la mia famiglia non si è mai allontanata da qui, non avrebbe potuto. Ci siamo tramandati molte informazioni, non soltanto promesse e maledizioni.»

Quando gli fu chiaro che non avremmo avuto più nulla da obiettare, continuò: «Troverò una scusa per mandarvi via, non credo di riuscirci entro oggi, anche perché è previsto maltempo e i pullman non salgono qui durante la pioggia, non c'è visibilità. Posso farvi andare via domani, nel frattempo troverò il modo di tenervi lontani dal bosco. Anche i vostri amici sono in pericolo. Lei non ama chi intralcia il suo cammino».

Arrivò veramente la pioggia. Torrenziale, infinita, ma a nessuno sembrò importare: io e la professoressa Marinetti avevamo una condanna che incombeva su di noi e gli altri erano a dir poco disperati a dover andare via, abbandonare la gita, al corso di sopravvivenza e nuove esperienze, per un fungo che aveva infettato molti alberi nel bosco, rendendolo pericoloso, con rischio di crolli. Certo! Un fungo grosso, di centinaia di anni, con denti marci, occhi gialli e la pelle carbonizzata e a brandelli. E, ovviamente, un carattere irascibile.

Per il resto della giornata non avevo più rivisto la professoressa, non avevamo avuto modo di parlare, neanche del fatto che a quanto pareva, la colpa di tutto ciò era la mia ossessione nei suoi confronti. E pensare che Tim fosse preoccupato che sbavassi. Lui e Kenji erano delusi, mentre Paolo era contento di tornarsene ai suoi videogame; in quanto a me, spacciai la paura e la preoccupazione per il fastidio di dover rinunciare alla nostra gita fuori porta.

Verso sera smise di piovere e ci avvisarono che saremmo partiti l'indomani mattina, alle sette in punto. Bastò per tranquillizzarmi a tal punto da farmi addormentare. Dopotutto non dormivo da due giorni.

Illusione: percezione distorta dalla mente; riproduzione immaginaria dei propri sensi, che non trova riscontro nella realtà.

Non so che ora fosse e da quanto dormissi, quando sentii qualcosa o qualcuno infilarsi sotto le mie coperte. Era un corpo caldo e sicuramente nudo, considerato la pelle liscia e morbida che avvertii su di me. Aprii gli occhi, forse troppo lentamente, e prima ancora di cercare di mettere a fuoco i lineamenti nell'oscurità, seppi che era Alessandra Marinetti. Stavo per chiederle cosa ci facesse lì, nella mia stanza, nel mio letto, sul mio corpo, ma sentivo i suoi seni sfiorare il mio petto, mentre mi intimava all'orecchio di fare silenzio. Le sue mani sottili, delicate, passarono leggere sul mio petto nudo e mi chiesi se la sera prima avessi dimenticato di indossare il pigiama o se lei mi avesse spogliato. Non lo ricordavo, non ricordavo una marea di cose e neanche mi importava farlo, perché la professoressa Marinetti, Alessandra Marinetti, bella da mozzare il fiato, me lo stava veramente mozzando, portando quelle dita sottili verso il basso e nel momento in cui raggiunse il pube, ebbi l'esatta percezione delle nostre intimità nude, che a contatto, strisciavano l'una sull'altra.

Una voce nella mia testa disse che poteva essere un sogno, o peggio. Disse che era assurdo che i miei compagni di stanza non ci sentissero e che quella era la mia insegnante, che avevamo quattordici anni di differenza e che a pochi metri da noi, c'era un bosco con una strega che non aspettava altro che questo. Ma quella voce sparì nell'esatto momento in cui le sue mani sfiorarono la mia erezione, per poi posizionarsi sopra e lasciare che affondassi in lei.

Non era la prima volta che stavo con una donna, o almeno una ragazza, ma lei, lei era altro. Calda, accogliente. Il posto perfetto dove lasciarmi andare, forse anche morire.

Nella penombra la vidi gettare la testa all'indietro, mentre gemeva e si muoveva ritmicamente su di me.

Tutto svanì. La paura. I miei pensieri. Anche la stanza sembrò svanire, così come il letto.

Sotto la schiena mi parve di avvertire il terreno umido e di inspirare aria fresca, mentre chiudevo gli occhi e spalancavo la bocca cercando di esprimere con singulti il piacere che stavo provando.

I suoi seni erano pieni nel palmo delle mie mani, i capezzoli turgidi. Feci scorrere le mani sul suo corpo perfetto, fino ai fianchi e alla curva del sedere.

Quando iniziò a muoversi più freneticamente, mi parve di impazzire o di avere cognizioni che prima non avevo mai avuto.

Avrei voluto afferrare le lenzuola per evitare di stringere lei e abbandonarmi totalmente alla follia e al piacere, ma al posto di lenzuola calde, tra le dita avvertii le foglie umide e secche ammorbidite dal fango e dalla pioggia.

Spalancai gli occhi.

Decisamente non eravamo nella mia stanza.

Eravamo nel bosco, *quel* bosco. Nudi, incastrati l'uno nell'altra a dimenarci agguantati dal piacere. Alessandra aveva gli occhi più chiari, quasi un grigio argentato, i capelli lunghi erano scuri come la notte che ci circondava. Le stelle illuminavano i nostri corpi e sentivo la brezza della notte rinfrescarmi la pelle che altrimenti avrei sentito bollente. Il terreno era diventato fangoso dopo la torrenziale pioggia e si amalgamava ai nostri corpi fungendo da collante, sembrava volesse fonderci in tutt'uno.

Non sapevo se gridare per la paura di ciò che

potesse accadere da un momento all'altro o gridare liberando il piacere che sentivo implodere.

Alessandra continuava a muoversi sempre più veloce su di me e io sapevo di dovermi risvegliare da quel torpore, riprendere il possesso delle mie facoltà, ma era bello, cavoli se era bello, e il piacere intorpidiva la mente che volava via; la mia coscienza sembrava perdersi e io non avevo intenzione di ritrovarla.

Ad un certo punto, mi parve di avvertire la nebbia infittirsi tutta intorno, riuscivo sempre più a vederla strisciare, insinuarsi tra noi e intorno a noi. Si strinse come la prima volta intorno ai miei polsi, entrambi questa volta, e intorno al collo. Come la prima sera sembrava fredda come metallo mentre stringeva la sua morsa possessiva.

Poi, la vidi.

La strega.

Ci osservava compiaciuta con il suo sorriso sghembo senza labbra. Indossava il mantello, ma il cappuccio era abbassato ed era visibile la testa ustionata e alternata da croste e ciocche di capelli neri e sfibrati.

Riuscivo a percepire tutto ciò che mi circondava e ad esserne spaventato, e allo stesso tempo ero anche ancora immerso nella mia professoressa e ammantato dal piacere. Era come essere tra la veglia e il sonno. Come immergersi nell'acqua profonda e a tratti riemergere per prendere fiato.

Quello che non sapevo, è che non eravamo soli.

Livia mi aveva visto dalla finestra del suo bungalow dirigermi verso il bosco e poco dopo aveva visto fare altrettanto anche alla professoressa Marinetti. Ovviamente ci aveva seguiti.

Non percepiva la nebbia o la mia confusione, ai suoi occhi c'erano solo un giovane e una donna che nudi, si univano in un morboso amplesso tra le foglie e il terriccio, sotto il cielo stellato.

Ma vide anche la strega. E urlò.

La nebbia svanì di colpo e per me fu come svegliarmi di soprassalto da un incubo o da un sonno profondo. Fu allora che la notai, Livia, come un'ombra, come qualcosa che si intrufola nella tua visuale e non puoi fare a meno di notare. Era come un déjà-vu, come un sogno sfocato, come un ricordo che non sapevi neanche più di avere. Mi parve tutto familiare, ma appartenente a qualcosa di così remoto da essere troppo frastagliato. Più Livia urlava e più mi risvegliavo dal torpore e il ricordo di quel sogno, svaniva. Anche Alessandra parve destarsi e si accasciò su un lato, restando nel morbido terriccio umido a tremare. Io invece, non riuscivo a muovere un muscolo, era come se il mio corpo avesse perso ogni traccia di forza, tanto da lasciarmi inerme e nudo come un verme.

La strega non sorrideva più, ciò che restava delle sue labbra era serrato e gli occhi erano due fari nella notte, mentre guardava la ragazza, che fece per scappare via, ma aveva fatto solo un paio di metri, quando si sentì un crack così forte da rimbalzare contro gli alberi e amplificarsi. Livia urlò ancora, anche se forse non aveva mai smesso, e cadde a terra, come un burattino che ti sfugge dalle mani e quando cade al suolo i suoi arti si adagiano alla rinfusa, senza un senso logico; così il corpo di Livia giaceva sul terreno, le gambe e le braccia erano evidentemente rotte e ora il suo corpo aveva assunto forme angolari confuse. Una delle ossa di una gamba spuntava fuori dalla carne e osservava le stelle. La strega si avvicinò alla ragazza che stava lentamente affievolendo le sue grida fino a ridurle a piccoli singhiozzi. La sollevò da terra e dalla ferita alla gamba vidi dei brandelli simili a carne macinata cadere in terra, ma credo fosse il grasso del polpaccio. Le ossa degli arti rotte non le permettevano di dimenarsi, mentre veniva issata fino a ritrovarsi faccia a faccia con la strega. Le stringeva il collo e credevo la soffocasse, invece... la baciò.

Bocca contro bocca. Fiato contro fiato.

Non so se l'alito della strega fosse fetido, ma sicuramente letale: Livia fu colpita da fremiti sempre più forti, poi vidi la sua pelle diventare sempre più rossa. Alcune bolle simili a pustole si formarono sulle parti del corpo visibili, alcune esplosero rilasciando pus, mentre altre si staccarono e caddero lasciando la pelle viva visibile che ebbe lo stesso destino della prima. Il corpo di Livia sembrava un serpente che perde la pelle, ma ad ogni muta, invece di rigenerarsi, la pelle si consumava sempre più, macerata come da fiamme invisibili, che divoravano carne, muscoli, legamenti, fino alle ossa.

Quando la strega ne ebbe abbastanza, lasciò andare il corpo della giovane che ricadde pesantemente al suolo e poi, gettò la testa verso l'alto e sospirò con quel suo consueto rantolo. Inizialmente credevo che fosse la fievole luce a darmi quella impressione, poi notai che effettivamente la cute della testa diveniva più rosea e al posto delle croste che vi erano fino a poco prima, spuntavano capelli che si allungavano fino ad unirsi alle ciocche già presenti che diventavano lucenti e sane. Sul viso e sulle mani brandelli di pelle si ritirarono e in pochi secondi la donna assunse una nuova forma e la sua pelle chiara, come il bagliore di un sogno, riluceva alla luce della luna; i capelli neri ricadevano morbidi lungo le spalle e fino alla schiena, gli occhi brillavano di un azzurro chiarissimo e le labbra non erano più macerate, ma carnose e rosate. Ora capivo perché centinaia di anni fa, tutti perdevano la testa per lei.

La nebbia giunse nuovamente, la sentii penetrare fin nella testa e una strana emozione mi attanagliò il petto, come una morsa che però mi dava piacere; poi quel piacere divenne preoccupazione.

Le fiamme, le fiamme ardevano.

Di nuovo quelle urla, ma questa volta mi sembrava quasi impossibile resistervi; mi dilaniavano il petto e l'anima e pur di farle smettere mi sarei lanciato io stesso nelle fiamme.

Cessarono, ma quel silenzio non mi rincuorò, anzi, mi guardai intorno e notai di essere rimasto solo, erano spariti tutti e anche l'aria della sera mi sembrava immobile, la foresta stessa sembrava trattenere il respiro.

Mi accorsi di avere la gola arida, ero assetato e affamato. Il corpo tremava ed era sempre più intorpidito.

Poi, la vidi.

Incrociai i suoi occhi argentati e ogni dolore, paura e affanno cessò. Tese le dita affusolate verso di me io le sfiorai con la mia mano sporca di terra. Nel momento in cui ci sfiorammo, caddi in terra. Sentii ogni muscolo del corpo come in preda ai crampi, la testa mi girò e le forze mi abbandonarono definitivamente. Avvertii Alessandra Marinetti piangere con voce tremante da qualche parte accanto a me. Volsi lo sguardo alla mia sinistra e vidi la strega, nel suo nuovo bellissimo aspetto, incrociare le dita delle mani con una figura maschile, bianca e fluttuante, come la nebbia, che svaniva da ogni altro luogo per radunarsi sulla figura che diveniva sempre più compatta.

Il cuore rallentò i suoi battiti, sentivo i suoi rintocchi sempre più lenti fino all'ultimo che avvertii nel petto e nelle orecchie come l'ultimo rintocco di un tamburo alla fine di una parata. E chiusi gli occhi, poco prima di notare la figura della strega che si stava avvicinando a me.

Mòrte: cessazione di tutte le funzioni vitali di un essere vivente.

Il corpo fu così improvvisamente leggero che

mi parve di non averlo più. Forse era un sonno profondo quello nel quale ero caduto o ero finito in quel limbo dove galleggiamo mentre la nostra anima si sfalda dalle spoglie terrestri.

«*Svegliati!*» Un solo comando, con voce dolce ma decisa e non potetti obiettare o esimermi. Nell'istante in cui avvertii una mano calda, quasi bollente sul petto, aprii gli occhi di scatto.

Ero lucido e vigile più di quanto avessi potuto credere.

La professoressa era accanto a me e piangeva e tremava ancora senza sosta e nel vedere il suo corpo nudo e ricordando ciò che avevamo fatto, mi vergognai, e mi chiesi se lei si sentisse usata, violentata, se mi vedesse come un maniaco o se mi ritenesse una vittima come lei.

La strega e il suo amante erano spariti.

Il corpo di Livia, o ciò che ne restava, giaceva ancora scomposto e martoriato per terra, incastrato tra i rami di un albero che non avevo visto cadere. E mi sentii in colpa anche per lei, mi sentii in colpa per tutto, anche per essere vivo. «*Nessuno è mai sopravvissuto ad una cosa simile»* aveva detto il guardiano riguardo ad essere posseduti da un'anima che vagabonda, ma io ero vivo. Non sapevo in che modo fossi sopravvissuto, ma ero vivo.

Mi guardai il petto ancora nudo e vidi che dove avevo avvertito il tocco che mi aveva risvegliato, c'era l'impronta di una mano: cinque dita sottili impresse sulla pelle come un marchio a fuoco. In quel momento non mi chiesi se potesse andar via o se fosse rimasto lì per sempre; sospettavo, che anche senza vederlo, lo avrei ricordato per sempre.

7

Il marchio andò via dopo poche ore. Non avevo prove per dimostrare ciò che era successo e comunque dubitavo che qualcuno mi avesse creduto.

Io e la professoressa Marinetti mantenemmo il segreto, andammo ai nostri rispettivi alloggi a rivestirci e io chiesi aiuto per Livia. Dissi che ci eravamo allontanati insieme, che ci eravamo ritrovati nel bosco e che un albero aveva ceduto colpendola. La scusa resse, sul corpo di Livia non c'erano più la presenza di ustioni e le ferite che riportava a braccia e gambe potevano tranquillamente ricondursi alla caduta dell'albero.

Non so se la strega sia ancora in quel bosco o se è svanita altrove con il suo amante, ma il guardiano Pastori è rimasto lì a mantenere la promessa fatta dal suo avo, fino alla sua morte almeno, sarebbe stato l'ultimo, come promesso da lui stesso.

La professoressa Alessandra Marinetti lasciò la

scuola una settimana dopo il nostro ritorno a casa; l'ultima volta che la vidi mi sorrise, mi sfiorò la guancia con una mano e poggiò delicatamente le labbra sulle mie, mozzandomi il fiato, per l'ultima volta.

Lo so, ho mentito all'inizio, vi ho detto che ero morto e invece sono vivo, ma diciamo che non era una vera e propria bugia, ero morto veramente, dopotutto. Ma a quanto pare non era ancora giunta la mia ora, altrimenti non avrei potuto scrivere questa storia. Probabilmente, voi non crederete ad una sola parola, penserete piuttosto che io sia un raccontastorie, magari anche bravo, con una fervida fantasia, ma comunque un narratore di storie; quelle fantastiche, immaginarie, inverosimili... assurde.

Qualcuno una volta ha detto che non c'è miglior modo di nascondere qualcosa se non davanti agli occhi di tutti, forse vale anche per le storie come questa, forse il miglior modo per diffonderla, è far credere a tutti che sia...

Improbàbile: scarsamente attendibile o accettabile; con poche o quasi nulle probabilità di verificarsi.

BUONANOTTE E SOGNI D'ORO

DANIELA E.

UBI TU, IBI EGO

DANIELA E.

UBI TU, IBI EGO

1

Come si era ritrovato in quella situazione, Nicolas proprio non lo sapeva, poi si voltò a guardare sua sorella gemella Lily, con quel fastidioso sopracciglio sollevato in tono di sfida e le braccia incrociate, pronto a vederlo fallire, e si ricordò del perché aveva accettato quella stupida e malsana sfida.

«Allora?» Chiese Lily «Lo fai o no?»

«Perché non lo fai prima tu?» Si infastidì lui.

«Perché sei più grande di me di quattro minuti, dovresti darmi il buon esempio, da bravo fratello maggiore» concluse con derisione la sua affermazione, mantenendo l'aria di sfida e le braccia incrociate. Nicolas avrebbe voluto risponderle che non era proprio sicuro che quattro minuti gli conferissero lo status di fratello maggiore e che, soprattutto, nella situazione in cui si stavano cacciando, non c'era nulla di buono.

Osservò l'edificio malconcio dinanzi a loro e la vetrina poco distante con affisso il cartello bianco con la scritta rossa *Ospedale delle bambole* e sperò con tutto sé stesso che le strane storie che si raccontavano su quel posto, fossero solo per divertimento e per spaventare i bambini e gli adolescenti come loro. Anche se, per quanto gli riguardava, quelle storie spaventose funzionavano grandemente.

In molti avevano provato nel corso degli anni a varcare illecitamente le soglie di quel rottame di edificio e tutti erano scappati via terrorizzati e con un principio d'infarto ma, come ci teneva a precisare Lily, le storie potevano essere state semplicemente inventate o le persone particolarmente suscettibili. Ma lui e sua sorella avevano undici anni e, anche se lui era il maggiore di quattro minuti, si sentiva "particolarmente suscettibile" sull'argomento.

Le storie a riguardo erano decisamente terrificanti: l'*Ospedale delle bambole* era antichissimo, Nicolas non vi era mai entrato ma sapeva che da tantissimi anni, forse centinaia, si "curavano" i giocattoli, soprattutto le bambole antiche, e adiacente vi era una fabbrica di giocattoli, o almeno vi era un tempo. Un giorno di molti anni fa, l'edificio aveva preso fuoco ed erano morte centinaia di persone, la fabbrica non era più stata ricostruita ma lasciata a marcire e cosa peggiore di tutte, pare che in molti avvertissero costantemente rumori provenire dall'interno, motivo per cui era diventata meta di pellegrinaggio per sfide tra giovani e dimostrazioni di coraggio che finivano sempre male: in tanti giuravano di aver visto o sentito qualcosa o, addirittura, giuravano di aver visto camminare e muoversi qualche vecchia bambola. Nicolas di tutto ciò avrebbe fatto volentieri a meno, non gli importavano conferme o smentite in merito, l'avrebbe archiviata come una raccapricciante vecchia storia di paese, ma aveva perso contro Lily ad uno stupido gioco e ora come penitenza doveva avvicinarsi alla vecchia fabbrica probabilmente infestata e possibilmente varcare anche la porta semi distrutta.

Stupido, sopravvalutato orgoglio.

D'improvviso pensò che effettivamente quello era un sentimento decisamente troppo considerato e in fondo non gli importava di quello che avrebbe pensato di lui Lily, dopotutto, non avrebbe neanche potuto deriderlo troppo spesso o avrebbe suscitato l'interesse dei loro genitori, che certamente non avrebbero approvato la bravata che stavano per fare.

«Io non entro lì!» Disse infine risoluto e si sentì subito più leggero, nonostante lo sguardo improvvisamente sconvolto di sua sorella. Nicolas era pronto a tornarsene a casa, era ora di cena e si era appena reso conto di essere affamato, quando udì la voce squillante della gemella: «Cacasotto, entro io!».

Nicolas non ebbe neanche il tempo di rendersi conto di cosa stava accadendo, che Lily aveva fatto svolazzare la ciocca tinta di biondo, l'aveva accompagnata dietro l'orecchio e in un lampo aveva varcato la porta annerita dal fuoco e dal tempo ed era sparita nell'oscurità. Lui rimase paralizzato per qualche secondo, o forse di più, poi fece un respiro profondo, spinse con l'indice la montatura spessa degli occhiali da vista sul naso e con quello che gli parve un balzo, si spinse anch'egli all'interno dell'edificio.

«Lily?!» Urlò più di quanto avesse voluto e subito fu zittito da un'ombra che si muoveva nel buio: «Sta zitto! Vuoi svegliare i morti?» lo ammonì sua sorella.

«I morti? Svegliarli?» Balbettò, prima di udire la risata di Lily e si pentì del suo eccesso di paura.

«Siamo entrati, qui fa schifo, ora andiamo via!»

«Siamo appena entrati, cacasotto. Poi come fai a dire che fa schifo, non si vede niente.»

«Appunto, quello contribuisce allo schifo!» Non poté vedere l'espressione di sua sorella, ma avrebbe giurato che avesse alzato gli occhi al cielo.

«Va bene, andiamo... cacasotto» scandì l'ultima parola con particolare enfasi, mentre si apprestavano ad uscire. Un rumore alle loro spalle li bloccò.

«Cosa è stato?» chiese Lily.

«Non lo so e non voglio saperlo!»

Forse si erano lasciati suggestionare da quel posto, forse la paura aveva preso il sopravvento. Un altro rumore, come uno scampanellio, poi una pallina rotolò verso di loro e si fermò accanto alla punta delle scarpe di Lily.

«Possiamo andare via?» Nicolas udì la sua voce così acuta da sembrare estranea alle sue stesse orecchie, ma non se ne curò, voleva solo andare via e in fretta.

Lily prese la pallina e fece qualche passo nell'oscurità. Nicolas pensò che fosse una pessima idea, la paura lo immobilizzava e non capiva per quale assurdo motivo fossero ancora lì e non a casa, al sicuro. Qualcosa si mosse nel buio e sperò con tutto sé stesso che fosse un topo, magari bello grosso.

Una figura minuta, alta circa un metro, sembrava osservarli a pochi passi da loro. Magari il topo era veramente molto grosso. La risata stridula che echeggiò però, decisamente non poteva essere di un qualche animale e neanche la voce quasi metallica e consunta che udirono: «Vieni a giocare con me? Vieni a giocare con me?»

«Chi c'è?» Chiese Lily e Nicolas si chiese dove

trovasse la voce per farlo.

Nessuno rispose, ma l'ombra si mosse e avanzò verso di loro. Essendo appena all'entrata, la fievole luce dell'esterno illuminò la figura: una bambola con un vestitino giallo sbiadito e i capelli come la paglia camminò verso di loro, mossa da un qualche meccanismo. La faccia, forse un tempo bella e colorita aveva di sicuro affascinato molte bambine, ma ora era deturpata dal fuoco che ne aveva sciolto buona parte, gli occhi mostravano il ricordo di un bel colore azzurro, ma erano fuori asse e uno penzolava mollemente urtando su una guancia un tempo rosea.

Li osservava con quell'unico occhio che sporgeva vitreo, poi di scatto sollevò le braccia rigide e loro urlarono all'unisono come forse avevano fatto solo quella notte di undici anni fa quando erano venuti al mondo. La bambola sollevò gli angoli delle strette labbra e curvandole si esibì in una terrificante imitazione di un sorriso. Nicolas d'istinto fece un passo indietro, inciampò probabilmente su un legno abbandonato all'entrata e cadde all'indietro battendo violentemente la testa sull'asfalto esterno della strada.

E fu buio, fuori e dentro di lui.

2

Ventiquattro anni dopo.

La strada all'ora di pranzo era particolarmente affollata, ma la cosa non lo infastidiva, anzi, si divertiva spesso a sostare per lungo tempo su una via, ad osservare i passanti e immaginare le loro vite: dove stavano andando, chi dovevano incontrare, quanto in ritardo fossero, tanto da costringerli a correre; a volte immaginava anche di spulciare i loro pensieri, forse incongruenti rispetto alle loro azioni, chissà quanti fingevano tranquillità mentre l'ansia li divorava e sorridevano, mentre morivano lentamente dentro. Li osservava, osservava tutti, compresi i colombi che beccavano le briciole a pochi passi da lui, ciondolando con le loro piccole teste incuranti di ciò che realmente li circondava.

Era su quella panchina da ore, ci aveva fatto

colazione e ora stava assaporando il suo panino croccante e inalando di tanto in tanto il profumo del prosciutto cotto al suo interno. Ingoiò il boccone che aveva in bocca e bevve una lunga sorsata dalla bibita gassata che aveva accanto a lui sulla panchina. Si prese una lunga pausa osservando l'edificio annerito dinanzi a lui, poi con il dito indice si sistemò gli occhiali sul naso, la montatura spessa scivolava continuamente o forse era solo una sua abitudine da quando era bambino.

Inghiottì l'ultimo boccone, si scolò il restante della bibita in lattina, si scrollò le briciole dalla polo e con un sospiro profondo si alzò dalla panchina, afferrò il borsone e un passo dopo l'altro, lentamente, si avvicinò all'edificio di fronte a lui.

Nicholas restò un tempo indefinito ad osservare quell'ammasso di marciume impilato, non si avvicinava così tanto da quella notte che non avrebbe mai dimenticato. Per un'istante il viso rattrappito della bambola si palesò davanti ai suoi occhi, non che non fosse mai successo, anzi, ogni notte rivedeva quel volto artificiale e sfigurato, ma era rintanata nei suoi incubi e non a pochi metri di distanza. Nicolas distolse lo sguardo dal legno nero e marcio e lo posò su un portone di legno lucido con una targa con su scritto B&B. Senza pensarci ancora, si mosse verso di esso e girando il pomello di ottone fu dentro.

Era un ambiente piccolo ma ben curato, un perfetto miscuglio di classico d'epoca e ordine moderno. Un uomo alto e magro sorrise vedendolo entrare. «Ho una prenotazione, Giordano Nicolas» specificò lui e l'uomo pigiò velocemente i tasti del pc e dopo avergli chiesto un documento di riconoscimento gli diede la chiave della sua stanza. Era spaziosa, con tutto l'essenziale, in perfetto bohemien. Si accomodò sul letto, sembrava piuttosto comodo, e sfiorò un bracciale che aveva al polso. Contrastava con il suo consueto stile classico, con quelle perline rosa e bianche e la rosellina in madreperla, ma era di Lily e non lo toglieva mai, era tutto ciò che gli restava di sua sorella. I suoi genitori gli avevano dato il bracciale dopo che la polizia aveva restituito i vestiti e gli oggetti personali di Lily;

alcune perline si erano scurite, come bruciate, ma Nicolas non aveva mai provato a pulirle, preferiva restassero così: la giusta rappresentazione di ciò che Lily era stata per undici anni e ciò che sarebbe stata per l'eternità. Gli ricordava anche che quello che era accaduto era reale, anche se nessuno gli aveva creduto, e fungeva da monito per invogliarlo a fare quello che dopo anni aveva deciso di fare: capire cosa fosse realmente successo a sua sorella quella notte.

La sera cenò ad una piccola trattoria accanto al B&B, si sedette all'interno per evitare che la visuale della fabbrica dai tavoli esterni gli bloccasse l'appetito. Mentre rientrava però, non riuscì a trattenersi dal passargli accanto.

Il tempo non sembrava aver influito particolarmente, o forse non poteva semplicemente peggiorare. Sembrava essersi tutto immobilizzato a ventiquattro anni prima, tranne la porta di metallo che avevano installato. Dopo l'incidente suo e della sua gemella, il Comune pensò di mettere davanti all'entrata perennemente spalancata, una grossa porta metallica chiusa con un catenaccio, per evitare che altri vi si introducessero. In realtà, Nicolas aveva sempre creduto che ad inibire, più che la porta fosse stato l'accaduto in sé, che aveva in qualche modo confermato le superstizioni su quel posto e sulla possibilità che fosse infestato da qualche spirito malefico.

Restò qualche minuto a contemplare l'edificio, come aveva fatto il pomeriggio per ore, ricordando incessantemente le parole che aveva udito da sua nonna dopo l'incidente. Continuava a ripeterle di continuo, tra le lacrime, diceva che quel posto era sempre stato maledetto, dal giorno dell'incendio, che quelle povere persone erano morte in modo così violento, che le loro anime erano rimaste intrappolate all'interno dell'edificio e non avendo più un corpo, la loro anima dannata era entrata nei giocattoli. Una storia assurda e strampalata, ma che aveva macinato a lungo nella sua testa. Si era informato su molti incidenti simili e spesso si erano sviluppate storie come quella, forse alimentate dall'ignoranza, o forse, la troppa cultura aveva preso il sopravvento nella nostra società, rendendoci così arroganti da impedirci di *guardare* veramente.

Ma lui voleva sapere, nonostante la cultura, le lauree, lui voleva sapere.

Se quel posto fosse veramente maledetto? Se chi vi moriva ne restava in qualche modo intrappolato? Voleva, *doveva* sapere se l'anima, il fantasma, lo spettro o qualunque residuo di Lily fosse ancora lì dentro. Era il motivo per il quale era tornato.

3

Il giorno dopo fece un'abbondante colazione con uova strapazzate, bacon e spremuta d'arancia; adorava fare colazione in quel modo, lo metteva di buon umore e ne aveva bisogno quella mattina. Poi, si recò all'*Ospedale delle bambole.*

Il negozio non era particolarmente grande all'esterno, vi era solo una porticina d'entrata e due piccole vetrine laterali. La scritta, la stessa da decine di anni, sovrastava tutto.

Entrò: «Buongiorno!»

«Buongiorno!» Rispose cortese un uomo dietro al bancone centrale, intento a sistemare le ciocche di capelli di una bambola con grandi occhi e guance rosse. Due ragazze guardavano ammirate l'artigiano all'opera.

Nicholas diede un'occhiata in giro: il negozio/laboratorio era pieno zeppo di giocattoli di vario genere, soprattutto bambole e peluche, di varie epoche, anche attuale. Qualcuno era malridotto e sicuramente in attesa di cure, altri sembravano in buono stato, probabilmente restaurati e sistemati da poco; alcuni di questi avevano un cartellino con scritto "ho già un compagno di giochi" e altri "se vuoi puoi adottarmi e saremo amici per sempre". Nicolas lo trovò un po' inquietante, ma forse ai bambini piaceva e lui era solo un adulto traumatizzato.

Quando le ragazze uscirono, si avvicinò all'uomo ancora intento a curare la bambola. «Non le dà problemi l'edificio accanto?» Chiese, riferendosi alla fabbrica bruciata. L'uomo sollevò appena gli occhi dal suo lavoro e sbuffò, sorridendo amaramente: «In realtà, manda più gente di quanto si possa credere. Può chiamarlo "turismo inquietante" se vuole.»

«Alla gente piacciono le storie!» Disse un'altra voce, gracchiante, prima che si palesasse un uomo anziano, spuntato dal retrobottega. Aveva la pelle così rattrappita da sembrare l'esatta trasposizione visiva della sua voce rauca.

«Più fanno paura, più ne sono attratti.»

«E a mio padre piace raccontarle almeno quanto a loro piace ascoltarle» disse l'altro, mantenendo lo sguardo sulla bambola alla quale, con un piccolo uncino metallico, infilava in fori sulla testa, delle ciocche di capelli biondi e finti.

«Ormai fa parte della storia della nostra famiglia» spiegò l'anziano.

«Era mio padre il proprietario di questo posto, quando scoppiò l'incendio.»

«Come successe?» Chiese Nicholas, cercando di sembrare solo appena incuriosito.

«E chi lo sa!» Rispose il vecchio, con una sorta di risata rauca.

«Fu all'improvviso e nessuno seppe mai il motivo. Un vero peccato, non solo perché morirono praticamente tutti, ma anche perché la fabbrica non venne mai riaperta e ricostruita. All'epoca, produceva bambole che inviava ai negozi di tutto il mondo. Costruivano anche manichini. E parliamo di un'epoca in cui non venivano fatti in plastica, ma di porcellana.»

«Se fruttava tanto, perché il proprietario la lasciò

marcire, senza ricostruirla?»

«Perché al proprietario venne un infarto, il giorno stesso. Avevano appena spento le fiamme e volle entrare a tutti i costi. Ci rimase secco e non avendo figli o altri eredi, tutto andò in malora.»

«Un vero peccato» disse Nicolas, riferendosi alla fabbrica. Un vero peccato, pensò, se non fosse stata abbandonata a sé stessa, sua sorella sarebbe ancora viva.

«Mio padre ne era ossessionato. La superstizione e l'ignoranza giocano brutti scherzi» poi aggiunse, notando lo sguardo incuriosito del giovane: «Lui, come altri, credevano che la fabbrica fosse infestata, che i fantasmi delle vittime fossero in qualche modo rimasti imprigionati nei giocattoli e nei manichini.»

«Ci credeva solo per colpa di quella bambola!» Commentò il figlio, sempre intento al suo lavoro.

«Quale bambola?» Chiese Nicholas, forse un po' troppo irruentemente rispetto a quanto avesse voluto.

«Stava restaurando una bambola, una di quelle che facevano un tempo, alte quanto una bambina di sei anni, che camminava e parlava, una delle prime. Era venuto fuori un bel lavoro e avrebbe potuto ricavarci qualche soldo, ma il giorno dopo l'incendio, quando entrò a valutare i danni, fortunatamente aveva avuto qualche danno solo la parete in fondo» indicò una parte del negozio ora adibita a sorta di esposizione.

«Ma della bambola non vi era traccia.»

«Che fine aveva fatto?»

«E chi lo sa! Sparita nel nulla e non l'abbiamo mai più rivista» rise di gusto e questo gli provocò un eccesso di tosse; prese un fazzoletto dalla tasca del maglione che indossava e vi sputò dentro con noncuranza, come se ci fosse abituato, poi guardò la sua opera soddisfatto e si rimise in tasca il fazzoletto.

«Da quel momento in poi, ogni volta che accadeva qualcosa, riguardante quella fabbrica, mio padre esclamava: "quella dannata bambola", a volte invertiva anche le parole in "quella bambola dannata".»

«Credeva che la bambola fosse dannata?»

«Non lo so, non gliel'ho mai chiesto. Quella bambola mi metteva paura, aveva qualcosa di inquietante, soprattutto negli occhi e io ero un ragazzino. Ne fui segretamente felice quando seppi che era sparita, non mi interessava certo ritrovarla» e riprese a ridere e tossire, estraendo nuovamente il fazzoletto, ma non vi sputò nulla e parve deluso.

Riprese il suo racconto: «Ripeteva solo questa frase di tanto in tanto. Con una sola eccezione: anni fa ci fu un brutto incidente, due ragazzini entrarono a giocare nella fabbrica, lui finì in coma e la sorella morì.»

Nicolas sentì il sangue gelarsi nelle vene a sentir parlare della sua storia, ma cercò di mantenere la calma.

«Mio padre ne restò sconvolto, come tutti noi d'altronde, ma lui cadde in un rigoroso silenzio; poi una sera ne stavano parlando alla tv, il ragazzino si era risvegliato dal coma e aveva raccontato di una bambola che si era animata e li aveva aggrediti. Poverino, doveva essere ancora sotto shock e chissà cosa credeva di aver visto in quel posto. Ma mio padre esclamò "è ancora nostra quella bambola". Aveva un inizio di demenza senile e credo stesse mescolando i ricordi del passato con i racconti confusi di quel povero ragazzino».

Forse Nicolas era stato veramente un povero ragazzino, forse sfortunato, o forse semplicemente incosciente, ma quella bambola era veramente viva, ne ricordava ancora gli occhi.

Se era la stessa bambola che era sparita anni fa da quel negozio, il ragazzino che era stato l'anziano signore davanti a lui aveva ragione, era veramente inquietante, soprattutto gli occhi. E forse era in qualche modo posseduta e aveva ucciso sua sorella. Quello che Nicolas però voleva sapere con certezza, e se il fantasma di Lily fosse rimasto intrappolato in quel posto, così come molti credevano fossero rimasti intrappolati gli spettri delle vittime dell'incendio.

Si congedò dai due e ritornò al suo alloggio. Doveva riflettere sulle nuove informazioni e soprattutto doveva telefonare a Calliope, lei forse sarebbe riuscita in qualche modo ad assemblarne i pezzi.

Lei era l'unica a sapere dove fosse e cosa si accingesse a fare, i suoi genitori lo credevano su una montagna in escursione con gli amici. A lui neanche piaceva la montagna, ma la poca ricezione in quei posti gli era sembrata una buona scusa per non rispondere al telefono.

La prima volta che aveva incontrato Calliope era stato circa un anno dopo l'accaduto con sua sorella. Quando il caso era stato archiviato come *incidente* e lui si era ripreso del tutto, almeno fisicamente, i suoi genitori avevano preferito trasferirsi in un'altra città. Nell'apatia in cui era caduto, anche Nicholas l'aveva trovata una buona idea, se non altro i ricordi belli e quelli brutti, che a volte sembravano un tutt'uno, si erano affievoliti; restavano gli incubi, quelli non li aveva lasciati nella vecchia città e nel vecchio appartamento.

Vedeva di continuo psicologi e psichiatri e tutti insistevano con il fatto che la fantasia di un bambino potesse essere infinita e che la paura, la colpa e l'immaginazione potessero fondersi tra loro dando vita a falsi ricordi. Come una bambola posseduta. Soprattutto se eri stato in coma. Poco importava che quando avesse riaperto gli occhi, il primo ricordo era stato proprio di quella bambola.

Come la chiamava il proprietario dell'*Ospedale delle bambole*, "quella dannata bambola".

Un giorno, a casa di Nicolas, andò una signora, era particolarmente scenografica per come parlava e si muoveva e lui capì che doveva essere una sorta di sensitiva, quando, con voce piena di enfasi, annunciò di avvertire la presenza di Lily. In quel momento Nicholas capì anche di aver irrimediabilmente corrotto le menti dei suoi genitori con i suoi strampalati racconti. Non fu qualcosa di irrimediabile, ma solo di passeggero, anche gli adulti hanno modi particolari di affrontare i traumi e i lutti.

Ma giunsero altre diverse persone a casa loro, dopo quella donna. Fino a quando, arrivò Calliope.

Volle parlare subito con Nicholas; lui se ne restava quasi tutto il giorno rintanato nella sua stanza, il resto della casa gli ricordava troppo sua sorella, anche se era una nuova città, un nuovo appartamento e persino i mobili erano diversi. Lui e Lily non avevano mai condiviso la stessa stanza e Nicholas riusciva a trascorrere quindi molto tempo rintanato tra quelle quattro mura, dove poteva sempre immaginare che la gemella fosse nella stanza accanto, viva e al sicuro, a cucire borse di stoffa o a imparare a truccarsi.

Calliope entrò e si richiuse la porta alle spalle, senza far entrare i genitori di Nicholas. Si avvicinò lentamente a lui e gli si sedette accanto, sul letto.

«Senti anche tu la presenza di mia sorella? In caso affermativo, puoi andartene da dove sei venuta. Lily è morta» disse il ragazzo, senza neanche voltarsi a guardarla. Avvertì una mano sulla sua, più fredda di quanto si aspettasse, nonostante fosse estate. Quando si voltò, incontrò due occhi neri e profondi, anche la sua pelle era scura, come i capelli ricci, in totale contrapposizione con gli accesi colori di ciò che indossava, come la strana cuffia sulla testa e il largo vestito, fino alle collane, orecchini, bracciali e anelli.

«Hai le mani fredde» le disse Nicholas. Non voleva scacciarla o offenderla, la sua fu solo una constatazione.

«Perché sono costantemente tra la vita e la morte» rispose tranquillamente lei

«Perché parli con i defunti?»

«Perché parlo con i defunti.»

«Lily non è qui.»

«Lily non è qui.»

Era una donna insolita. Diversa dalle altre. Aveva cinquant'anni ed era la più stramba e straordinaria che Nicolas avesse mai incontrato in vita sua. E lo era ancora adesso.

«Quando le persone lasciano questa terra, una parte di loro resta ancorata ai ricordi che noi vivi abbiamo di ciò che sono stati. Con i gemelli questo si amplifica, ma con te lo è ancora di più. Tua sorella è ancora su questa terra. Non può lasciarla.»

«Ma non potrà mai più tornare indietro?»

«No.»

«E come posso aiutarla? Come posso...» Nicholas cercò la parola giusta:

«… liberarla?»

«Non adesso.»

Gli carezzò il viso, con le mani fredde e piene di anelli con pietre colorate.

«Un giorno. Un giorno, avrai la forza fisica e mentale per poterla aiutare. Ma fino ad allora, devi uscire da questa stanza e vivere la tua vita. Una parte di lei è legata a te e lo sarà per sempre. Vivi per entrambi, vivi anche la vita che non ha potuto vivere Lily e un giorno, quando sarai un uomo, sarai in grado di aiutarla.»

E così fece.

Tre squilli e Calliope rispose: «Ciao Nick, raccontami tutto, mi è bastato sollevare la cornetta per avvertire la tua adrenalina.»

Nicholas non le chiese come facesse a sapere che era lui, dopo anni ci era ormai abituato. Calliope aveva un telefono così vecchio da essere un pezzo di antiquariato e non possedeva certamente un display da dove appariva il nome o il numero di chi aveva chiamato; lei diceva che i nuovi apparecchi rilasciavano troppe radiazioni che disturbavano i defunti. Tanto sapeva comunque sempre chi fosse a chiamarla, anche quando non lo conosceva.

Le raccontò tutto quello che l'anziano signore gli aveva riferito e alla fine Calliope fece una lunga pausa, pensierosa: «Deve essere rinchiuso nella bambola da molto tempo» disse infine.

«Chi?»

«Il demone. Deve essere intrappolato lì dentro da molto tempo. Sicuramente ha cercato di distruggere la bambola durante l'incendio, ma non ci è riuscito.»

«Perché avrebbe dovuto uccidersi?»

«Non uccidersi, ma liberarsi. I demoni, per entrare in un nuovo involucro, devono distruggere quello vecchio. Il fuoco spesso è la scelta migliore, ma quando ha procurato l'incendio, invece di distruggere il suo contenitore, deve avere involontariamente intrappolato le anime di chi stava morendo. Quando avviene qualcosa di drammatico e improvviso, si formano campi di energia immensi. Se fosse così, quella fabbrica è piena di giocattoli posseduti, ma non è detto che siano malvagi, ma potrebbero non ricordare chi sono e questo non li renderebbe mansueti e disponibili verso il prossimo. In quanto al demone, non credo che voglia più uscire. Ha ormai acquisito un grande potere, uscire da quella bambola non sarà più tra le sue priorità.»

«Come faccio a liberarli tutti?»

«lo sai» rispose Calliope. Certo, lo sapeva, doveva distruggere il demone.

«Ma come faccio?»

«Devi trovare qualcosa a cui non può opporsi. Hai detto che il vecchio proprietario del negozio diceva che era ancora loro la bambola.»

«Così mi ha detto il figlio o almeno era quello che borbottò il padre.»

«Se è ancora la loro, potresti fartela vendere, sarebbe la tua e non potrebbe farti del male, avresti un grande vantaggio».

Nicholas temeva che quello fosse stato solo il delirio di un vecchio a cui la mente lo stava abbandonando, ma disse a Calliope che sarebbe ritornato a parlare nuovamente con i signori.

Lei rise, forse aveva letto i suoi timori.

«Tranquillo, Nick. Tranquillo».

Stava per chiederle come potesse tranquillizzarsi, in una situazione dove non c'era nulla per cui stare tranquilli, ma lei riagganciò. Tipico di Calliope. Ma anche a quello ci era abituato.

4

Attese il tardo pomeriggio per tornare al negozio. Quando entrò, il proprietario attuale, il più giovane della famiglia, aveva terminato la bambola e si stava occupando di rammendare un peluche blu. Non sembrò stupito nel vederlo ritornare, probabilmente era abituato ai curiosi che tornavano per riascoltare le storie strampalate dei suoi avi.

Dopo un veloce e convenevole saluto, cercò il modo migliore per non sembrare invadente o troppo strano.

«Mi chiedevo, questa mattina, suo padre ha detto che suo nonno riteneva che... quella bambola» anche pronunciare quelle due semplici parole, lo inquietava.

«Fosse ancora vostra, della vostra famiglia.»

«Probabile» disse semplicemente l'altro.

«Anche se... forse fu rubata» azzardò Nicholas.

«Mio nonno non l'ha mai ritenuto un furto. La bambola non era piccola e facile da occultare e se qualcuno dei vigili intervenuto avesse voluto rubarla, mio nonno l'avrebbe notato. Inoltre, ha sempre insistito nel dire che c'era altro, di maggior valore, da rubare, che invece è rimasto dov'era. Pare avesse restaurato delle bambole molto antiche e preziose, con un valore che si aggirava intorno a un milione delle vecchie lire.»

«Quindi l'ultimo proprietario, potrebbe essere stato lui?»

«Mio nonno ha sempre odiato quella parola, soprattutto riferita ai giocattoli, come è sempre stato vietato dire *comprare* e *vendere*. Lui introdusse il certificato di adozione ed utilizziamo quello tutt'ora.»

«Suo nonno aveva un archivio? Un posto dove conservate tutti i... certificati di adozione?» Forse stava facendo troppe domande, perché l'uomo sollevò finalmente lo sguardo dall'orsacchiotto e lo scrutò con un sopracciglio sollevato. Pensò che stesse per cacciarlo via dal negozio, quando disse qualcosa di inaspettato: «Aveva? Mio nonno non è morto. Ha novantasei anni ed è malconcio, ma respira ancora».

Nicholas voleva risposte sulla bambola, lui voleva sicuramente parlare: non è facile trovare qualcuno che ascolti le storie di un vecchio, soprattutto se sono storie di fantasmi e demoni e se la persona in questione è affetta da demenza senile; questa era la sola preoccupazione di Nicholas, che il vecchio, il signor Giuseppe, non ricordasse nulla al riguardo.

Nessuno aveva avuto da obiettare quando aveva chiesto di incontrarlo, così dopo la chiusura dell'*Ospedale delle bambole*, erano andati a casa dei proprietari. Vivevano tutti insieme, in una palazzina di tre piani; l'uomo era allettato e sembrava non particolarmente lucido, ma quando il nipote gli disse che Nicolas voleva che gli raccontasse della bambola che scomparve, parve rianimarsi.

«Chi sei tu?» Gli chiese con voce flebile, sembrava faticasse a respirare.

«Mi chiamo Nicholas Giordano» decise che anche se avessero ricordato il suo nome, capito chi fosse, non gli importava. L'uomo sgranò gli occhi; poteva non avere la mente sempre lucida e versare in uno stato quasi catatonico, ma quel nome, il suo nome, parve ricordarlo chiaramente.

«Era veramente lì?» Chiese e Nicolas non ebbe bisogno di chiedere a chi o cosa si riferisse.

«Si» fu la sua unica risposta.

«Lo sapevo, l'ho sempre saputo» la voce si affievolì ulteriormente e Nicholas ebbe la sensazione che l'anziano uomo nel letto stesse appena addossandosi colpe che non aveva.

«Quando quell'uomo me la portò, sembrava spaventato. Era un uomo distinto, non gli interessavano i soldi, voleva solo liberarsi di quella *cosa*. Disse che la figlia non la voleva più, ma gli dispiaceva buttarla via. Mi parve una sciocchezza, era così ansioso di liberarsene che credo che se avesse potuto, l'avrebbe buttata nel primo bidone della spazzatura disponibile; il perché non potesse farlo, lo ignoro tutt'ora. Gli diedi pochi spiccioli, non li contò neanche e parve guardarli come se scottassero. E se ne andò.»

«Gli fece firmare un certificato di adozione?»

«Ovviamente» sorrise appena.

«Lo ha ancora?»

L'uomo fece un gesto con la mano alla sua badante, che sicuramente abituata a comprenderlo, subito gli consegnò un portafogli così malridotto che la pelle scura era ormai squamata. Lo aprì ed estrasse un foglio piegato in quattro parti. L'intestazione riportava la scritta *Ospedale delle bambole*, il nome e la firma di due uomini. Il suo e quello dell'uomo che gli aveva portato la bambola, Josephine.

«Lo hai avuto per tutto questo tempo? E perché non è con gli altri certificati?» Chiese il figlio con la sua voce gracchiante.

«Perché non è come tutti gli altri.»

«Me lo venda. Mi ceda il certificato di adozione» si corresse Nicholas, ricordando quello che il nipote aveva detto sulle parole vietate.

L'uomo ci pensò su, osservando il pezzo di carta quasi sbiadito fra le sue mani nodose.

«Un dollaro, ho sempre desiderato un dollaro americano» disse infine.

Nicholas si chiese per qualche secondo se fosse una vera e propria richiesta, il prezzo che aveva appena dato a quel pezzo di carta, o se fosse uno scherzo o una qualche prova a cui lo stava sottoponendo. Poi si ricordò di quando era andato in vacanza in America, come regalo di laurea dei suoi genitori e Calliope gli aveva detto di conservare un dollaro americano, perché portava fortuna averlo nel portafogli. Erano trascorsi sette anni da allora e non aveva mai constatato se portasse veramente fortuna o meno, ma Nicholas, aveva quel biglietto da un dollaro nel portafogli, lo stesso che chiedeva il signor Giuseppe, ex proprietario dell'*Ospedale delle bambole*, per cedergli il certificato di adozione della bambola, di «*quella dannata bambola*».

5

Il nome sul certificato indicava che la bambola era stata ceduta da un certo Abbiate Rodolfo; a Nicholas venne l'istinto di cercarlo, forse era morto, dopo tutto erano trascorsi molti anni, o forse era ancora vivo come il signor Giuseppe.

Nel B&B aveva intravisto un vecchio elenco telefonico, di quelli che non vedeva da anni, forse poteva fare un tentativo.

L'elenco telefonico non era vecchio come credeva e riportava nelle vicinanze solo un Abbiate, una certa Annamaria. Provò a telefonare, cercando una plausibile scusa da utilizzare. All'altro capo del telefono rispose una donna con un marcato accento straniero, dubitava che fosse Annamaria Abbiate.

«La signora Abbiate?» Chiese comunque.

«No» rispose la voce «La chiamo».

Dopo qualche minuto di attesa, rispose una voce cordiale e distinta: «Pronto?»

«Signora Abbiate, mi scusi il disturbo, sono

Nicholas Giordano, lei è per caso una parente di Abbiate Rodolfo?»

«Era mio padre, ma mi dispiace informarla che è venuto a mancare da ormai ventiquattro anni, lo conosceva?»

«No, ma...» pensò alla cosa giusta da dire, poi ebbe l'assoluta certezza che in qualche modo, la verità sarebbe stata la scelta migliore.

«Ho il certificato di adozione di una bambola che suo padre diede all'*Ospedale delle bambole* tanti anni fa.»

Ci fu un lungo minuto di silenzio e Nicholas quasi credette che la donna avesse riattaccato, poi disse una sola frase: «Venga a casa mia, non mi va di parlarne al telefono».

Ad accoglierlo in casa fu la donna che gli aveva risposto al telefono. Lo fece accomodare in salotto e gli disse che la signora Abbiate lo avrebbe raggiunto subito. Così fu.

Annamaria Abbiate era una donna intorno ai sessant'anni, curata e di gran classe, la sua eleganza si sposava alla perfezione con quella della casa: un grande appartamento all'ultimo piano di un palazzo che portava il suo nome, quello della sua famiglia.

Gli offrì del tè con dei biscotti e iniziò improvvisamente a parlare della bambola, come quando devi strappare un cerotto e sai che un colpo secco sarà meno doloroso.

«Mio padre mi fece arrivare quella bambola dall'estero, ero la sua unica figlia e mi viziava, anche perché poteva permetterselo. Era uno dei primi prototipi del suo genere, poteva camminare, apriva e chiudeva gli occhi ed era in grado di parlare. Solo poche frasi, come "Ciao, io sono Josephine e saremo amiche" e "Vuoi giocare con me?"»

Nicholas ricordò la frase che aveva udito quella notte: «*Vuoi giocare con me?*», anche se doveva essere meno limpida rispetto a quella che ricordava la donna.

«Non era sicuramente un granché paragonato ai giocattoli attuali, ma io ne ero orgogliosa, ero l'unica bambina ad averla e le mie compagne mi invidiavano, ma dopo circa due settimane, iniziarono a verificarsi cose strane.»

«Quali cose?»

«Una sera, stavo facendo il bagno, avevo portato Josephine con me, come sempre, improvvisamente sentii tirare i capelli; era la bambola, con il braccio disteso che mi tirava i capelli, tirò fin quando mi strappò la ciocca fino alla cute. Credevo che fosse un incidente e anche i miei genitori lo credettero, pensammo che si fossero semplicemente incastrati i capelli nella mano della bambola. Ma di notte, iniziò a spostarsi, ovunque la lasciassi nella stanza, in piena notte, me la ritrovavo vicina, che mi osservava con una strana luce negli occhi. Iniziai ad esserne terrorizzata e non volli più giocarci. Dopo qualche giorno, stavo scendendo per le scale per andare a fare colazione ed ebbi appena il tempo di notarla, accanto alla ringhiera, che mi sentii spingere e caddi. Mi ruppi una gamba e un braccio. Fu allora che mio padre decise di liberarsene. Per tre volte provò a gettarla nella spazzatura e per tre volte lei tornò. Non so come, ma lo faceva, sempre. Fin quando mio padre decise di venderla all'*Ospedale delle bambole.*»

Per tutto il tempo del racconto non aveva guardato Nicholas in volto, aveva tenuto lo sguardo basso e sembrava totalmente immersa nei suoi ricordi, poi lo osservò.

«Come fa ad avere quel certificato di cui mi ha parlato?»

«L'ho comprato dal vecchio proprietario dell'*Ospedale delle bambole*» con un dollaro americano che una veggente mi aveva detto avrebbe portato fortuna, pensò.

«Ventiquattro anni fa c'è stato un incidente, nella vecchia fabbrica abbandonata, adiacente al negozio. Quando uno dei ragazzi coinvolti si svegliò dal coma e disse di aver visto una bambola che li aveva aggrediti, mio padre ebbe un infarto.»

Restarono in silenzio a guardarsi negli occhi.

«Perché sei così interessato a quella bambola?»

«Perché ero io quel ragazzo, il ragazzo che l'ha vista ventiquattro anni fa».

6

Era l'una di notte quando arrivò davanti alla fabbrica; tutti i negozi avevano chiuso da ore e anche i bar e i ristoranti avevano ormai terminato le loro attività. Non c'era nessuno per strada, solo Nicolas, con i dubbi e le angosce che avrebbe fatto finta di non avere e il certificato di adozione di una vecchia bambola in una mano e un grosso giravite nell'altra. Ripose il primo nella tasca e si avvicinò alla porta metallica per svitare le viti che la tenevano fissata. Fu più facile del previsto. La porta era lì da tempo, ma era abbastanza leggera, nonostante la grandezza facesse pensare diversamente. Non fu neanche necessario rimuovere tutte le viti, ma solo quelle da un lato, poi Nicolas riuscì a ricavarsi uno spazio e infilarsi per entrare.

Era tutto completamente buio. Nicolas accese la pila dello smartphone e la puntò davanti e intorno a lui. Era tutto annerito, ma vuoto. Una puzza nauseabonda gli invase le narici. Era il miasma di legno bruciato, anche dopo tantissimi anni evidentemente persisteva, favorito dall'ambiente perennemente chiuso. Era mescolato a qualcosa di rancido che ricordava a Nicolas la puzza della carne marcia; non aveva mai visto né tantomeno odorato un corpo in putrefazione, ma avrebbe giurato che fosse simile.

Non ricordava di questo fetore quando vi era entrato da ragazzino, ma forse il terrore allora aveva preso il sopravvento su tutto il resto. Quella stessa paura che invece ora sembrava averlo del tutto abbandonato: non si sentiva particolarmente spaventato, almeno non quanto a undici anni. L'ambiente intorno a lui sembrava molto meno spaventoso e man mano che avanzava, gli sembrava sempre più simile ad un semplice edificio abbandonato da tempo. Niente giocattoli posseduti o bambole demoniache.

Si fermò, improvvisamente sopraffatto da un unico pensiero: in quel posto non c'era nulla. Ventiquattro anni fa si era solo lasciato suggestionare dagli eventi, dall'ambiente che sicuramente era spaventoso per un ragazzino. La botta in testa aveva fatto il resto. Così come si erano lasciati tutti suggestionare da sciocchi pensieri e da antiche superstizioni.

Lily era morta, per un incidente. E non sarebbe più tornata, non l'avrebbe mai più rivista, neanche per una volta, neanche come fantasma o chissà che altro aveva immaginato, per anni.

Gli veniva da piangere, ma le lacrime non avevano intenzione di scendere dagli occhi; era solo scosso da piccoli tremiti, in preda ad una singhiozzante crisi di pianto senza lacrime. In compenso, si mise a ridere. Non voleva, non voleva di certo, ma sembrava più forte di lui. Ripensò a tutti gli anni, tutta la vita, in cui aveva creduto di dover aiutare il fantasma di sua sorella intrappolato in un edificio vecchio e decrepito. Da bambino poteva essere giusto, una scusa per sopravvivere al trauma, alimentato dalla fantasia e dalla suggestione infantile, ma da adulto... avrebbe dovuto smetterla di rincorrere fantasie e fantasmi.

Fu improvviso.

La sensazione di essere osservato, preceduta dal formicolio alla base del collo. Identica a ventiquattro anni prima.

Sollevò lo sguardo e la vide. La bambola, *quella dannata bambola.*

Nicolas pensò a quanto doveva essere stata graziosa in origine, con il suo vestitino colorato, i capelli biondi, gli occhioni azzurri e le guance paffute e rosee; a quanto doveva aver affascinato la piccola Annamaria Abbiate e le sue amichette, con il suo delizioso aspetto e la boria da giocattolo innovativo.

Ma in quel momento ad osservarlo, era qualcosa di completamente diverso.

Era alta poco più di un metro, i vestiti erano rovinati, dalle fiamme dell'incendio e soprattutto dal tempo, i capelli, che un tempo dovevano essere stati morbidi e lucenti, erano una massa quasi informe e stoppata, il viso paffuto ormai deturpato e lo osservava con un solo occhio azzurro, mentre l'altro penzolava osservando il pavimento.

Nicolas si avvicinò cautamente, mentre la

bambola non si muoveva neanche di un millimetro; avanzò passo dopo passo fino a fermarsi a circa tre metri.

«Josephine» disse.

Fu sicuro di vedere l'occhio buono sgranarsi, prima che la pavimentazione sotto i suoi piedi cedesse, facendolo precipitare al piano di sotto.

7

L'impatto fu forte e si sentì mozzare il fiato cadendo sulla schiena, cercò di riprendere fiato ma iniziò a tossire per tutta la polvere che si era sollevata quando era caduto.

Era finito in una grande stanza; lo smartphone era caduto a qualche metro di distanza, ma la pila ancora illuminava parte dell'ambiente. Negli angoli riusciva ad intravedere quelli che gli parvero vecchi manichini, ammassati gli uni sugli altri, poi un cigolio lo distrasse.

Vide avanzare verso di lui una macchinina di circa trenta centimetri, rossa con adesivi che penzolavano, un solo faro era illuminato e all'interno spuntava la testa di un bambolotto con capelli inamidati, con la fila laterale e un sorriso spiritato.

Continuò ad avanzare verso di lui cigolando e oscillando a destra e a sinistra sui finti ammortizzatori, fino a fermarsi a pochi centimetri dalla faccia di Nicolas e puntandogli il faro acceso dritto negli occhi.

Poi si spense.

Nicolas si voltò di scatto verso la luce del suo smartphone per recuperarlo, quando lo fece puntò la luce tutt'intorno a lui. La massa di manichini sembrava sparita e lui si sollevò da terra per osservare meglio ciò che lo circondava. La stanza sembrava vuota e soprattutto senza via d'uscita. Doveva essere un'illusione ottica, i manichini non potevano essere spariti e infatti, mentre lui puntava freneticamente la luce in ogni direzione, loro riapparvero. Non erano più ammassati, ma dritti davanti a lui, sembravano posizionati in una vetrina, ma anche pronti ad un agguato degno di un'apocalisse zombie. Certo, degli zombie a cui corpi, non penzolavano brandelli di pelle, ma ciocchi di ceramica; si chiese se potessero divorare la sua carne o se si fossero lanciati su di lui come dei vasi impazziti e lo avessero colpito fino a ridurlo una poltiglia di resti umani.

Non fecero nessuna delle due cose, si limitarono a

restare immobili.

Nicolas notò che dietro le loro figure si intravedeva un'apertura. Avanzò piano, non aveva armi con sé e aveva lasciato il giravite all'ingresso davanti alla porta. Si insinuò lentamente tra i manichini che continuavano a restare immobili e riuscì a guadagnare un po' di strada, fin quando uno di loro girò di colpo la testa, come se una mano invisibile gli avesse appena rotto l'osso del collo, solo che non aveva nessun osso in quel corpo lucido. Nicolas si immobilizzò mentre il manichino lo osservava con quel volto senza occhi, naso o bocca. Poi, si sentì afferrare da dietro e serrare il busto e le braccia in una morsa che gli tranciò il fiato. Anche gli altri manichini si mossero e cercarono di afferrarlo, mentre lui si difendeva scalciando in ogni direzione. Sollevò entrambe le gambe, facendo leva con la schiena sul manichino che aveva alle sue spalle e calciò un colpo secco, colpendo in pieno quello davanti; quello dietro perse l'equilibrio e cadde all'indietro e Nicolas sentì un crack sonoro e la presa sulle sue braccia perse vigore. Si liberò velocemente, afferrando una delle braccia artificiali del suo aggressore e ne colpì un altro; il braccio finto andò in frantumi, mentre il manichino colpito cadeva a terra in decine di pezzi. Non perse tempo, trovando un varco tra quelle *cose* animate, si slanciò di corsa verso l'uscita. Si ritrovò in uno spazio immenso, forse era anticamente il cuore della fabbrica, dove venivano realizzati i giocattoli e i manichini. Era su una passerella metallica che sicuramente aveva visto tempi migliori; mentre correva i suoi passi rimbombavano tutt'intorno. Dalla ringhiera laterale poteva vedere a decine di metri più in basso, i macchinari e i rulli trasportatori che dovevano essere stati l'avanguardia della tecnologia ai loro tempi.

Giunse al capolinea, la passerella era chiusa, una ringhiera di tubi metallici malconci, fungeva da barriera per il vuoto.

Nicolas si voltò indietro, per vedere se i manichini lo stessero seguendo, magari in stile zombie con le braccia dritte davanti a loro e il passo incerto come in molti film e serie tv. Non c'era nessun manichino.

A circa dieci metri, nuovamente immobile, c'era la bambola Josephine.

Restarono a guardarsi a distanza, come in un vecchio film western. Prima che la voce metallica della bambola parlasse: «Ciao, io sono Josephine e saremo amici. Vuoi giocare con me?»

Era così stridula che si distorceva.

«Vuoi giocare...» rallentò, come un palloncino che sfiata.

«*Con me?*» Le ultime due parole furono pronunciate con voce profonda, che Nicolas avvertì fin nello stomaco. Non era più la vocina da bambola che era stata Josephine un tempo, ma una voce maschile, gutturale.

«*Vieni a giocare con me, Nicolas?*» Ripeté e lui non poté fare a meno di tapparsi le orecchie. La voce sembrava penetrare ogni cosa e perforargli i timpani.

In ogni angolo della fabbrica spuntarono giocattoli e manichini; uno di fianco all'altra formavano una piccola folla male assortita: a molti mancava qualche pezzo e anche a distanza Nicolas poteva vedere quanto fossero anneriti e consunti dal tempo e dalle fiamme che decine di anni prima avevano divorato quel posto, privandolo di qualsiasi luce e spedendolo direttamente in un limbo di dannazione, nel quale le anime della povera sfortunata gente che un tempo aveva realizzato i sogni di tanti bambini, erano rimaste incastrate, come in un labirinto senza uscita. E ora se ne stavano ad osservarlo, come i carcerati di una prigione, attendevano la sua dipartita, pronti ad accoglierlo tra loro. O forse lo avrebbero torturato a vicenda, lo avrebbero sballottolato da uno all'altra come uno dei giocattoli che anticamente avevano dato vita. Per l'eternità.

La voce continuava la sua cantilena stordente.

«Vieni a giocare con me, Nicolas? Vieni a giocare con me, Nicolas?»

«NO!» Urlò lui.

«Non vengo a giocare con te» ed estrasse dalla tasca il certificato, sventolandolo come una piccola bandiera. Poi infilò una mano nella tasca posteriore dei pantaloni ed estrasse un pacchetto di fiammiferi che aveva recuperato nel B&B; ne sfilò uno e lo accese sfregandolo sulla piccola striscia sulla scatolina. Con la fiamma che oscillava all'estremità del bastoncino di legno, notò appena in lontananza l'occhio buono della bambola sgranarsi di nuovo, prima che lui portasse la fiammella ad un angolo del certificato e gli desse fuoco.

Mentre il foglio bruciava rapidamente, non si aspettava che il demone urlasse, con quella voce forte e penetrante, gemeva e forse da qualche parte in quel contenitore di plastica che avrebbe dovuto rallegrare una bambina, si contorceva dal dolore. Nicolas ci sperò, ci sperò con tutto sé stesso.

La bambola iniziò a sgretolarsi, delle crepe più spesse si formarono sul viso e sulle mani, per poi esplodere.

L'eco del boato fu così forte che Nicolas venne spintonato e urtò con la schiena sulla ringhiera della passerella, che cedette in parte sotto il suo peso e lo lasciò cadere. Si aggrappò d'istinto ad uno dei tubi metallici che formavano la ringhiera e restò a penzolare nel vuoto.

Tutto intorno altre urla si unirono a quella del demone che invece scemava. Non sapeva se fossero di dolore o di liberazione, ma da ogni manichino e giocattolo fuoriuscì una luce fluorescente che dopo pochi secondi svaniva, fino a quando cessarono anche le grida.

Nicolas era ancora appeso a quel tubo metallico e cercò di farsi forza con le braccia per ergersi nuovamente sulla passerella, quando vi riuscì vide a pochi passi da lui una piccola figura con colori sbiaditi e contorni tremolanti, ma non ebbe dubbi, quella era la sua sorellina, la sua gemella Lily.

«Lily» si accorse che la voce era flebile e tremolante. Era disteso in terra e sentiva il corpo che ancora si stava riprendendo dalla paura e dallo sforzo.

Lei si accovacciò dinanzi a lui.

Cosa avrebbe dovuto dirle? Che gli dispiaceva per non aver avuto il coraggio di entrare da solo in quel posto, quella notte? Che era stata una sciocca arrogante a insistere così tanto per quella stupida sfida? Che ora che tutto era finito, non sapeva cosa fare della sua esistenza? Che non sapeva se fosse in grado di lasciarla andare per sempre?

Non disse nulla di tutto ciò. Si mise solo a piangere. Sentiva le lacrime calde scorrergli lungo il viso.

Lily sorrise e dopo ventiquattro anni, Nicolas potette risentire la sua voce.

«Non sei più un cacasotto. Ma forse non lo sei mai stato: ci vuole molto coraggio ad entrare in un posto che ti terrorizza, solo perché tua sorella è troppo prepotente, ma tu non vuoi lasciarla sola.»

«Mi dispiace, per tutto» disse Nicolas, per la prima volta riuscì ad ammettere che non era stata colpa sua, ma era comunque dispiaciuto, per la vita che Lily non avrebbe vissuto e per i pochi anni che erano riusciti a condividere.

«Io sono ciò che tu sei stato e in qualche modo sarò ciò che tu sarai. Dove tu sei e sarai, sarò anche io. Sarò sempre con te.»

Poggiò la fronte su quella di Nicolas, lui non ne avvertì il tatto, ma solo un leggero fresco sfioramento. Socchiuse gli occhi per qualche secondo, quando li riaprì, Lily non c'era più.

Si sentiva più sollevato, forse poteva dormire bene la notte, senza il pensiero che il fantasma di sua sorella fosse intrappolato da qualche parte, ma non l'avrebbe certo riavuta indietro; questo lo sapeva, lo aveva sempre saputo, eppure in quel momento capì che inconsciamente una parte di lui ci aveva in qualche modo sperato. Pensò che avesse già vissuto più tempo senza di lei rispetto a quello che gli era stato concesso di vivere insieme. Ma ora che lei era libera, poteva in qualche modo esserlo anche lui, poteva vivere la sua vita e magari in un tramonto o in un fiore che sboccia, avrebbe rivisto la sua sorellina.

DANIELA E.

MEMENTO MORI

DANIELA E.

MEMENTO MORI

1

U n pomeriggio di pioggia non l'aveva mai spaventata, ma quello era un vero e proprio diluvio, e non le andava di certo di inzupparsi più di quanto avesse fatto fino ad allora.

Andrea osservò l'insegna del negozio: *La Bottega di zia Marlù*, sotto, con una scrittura barocca in corsivo si specificava *Oggetti fantastici da ogni parte del mondo*. Le vetrine ai lati dell'entrata erano zeppe di cianfrusaglie di ogni tipo, che provenissero da ogni parte del mondo questo Andrea non poteva saperlo, ma molti sembravano in ottimo stato e alcuni la incuriosivano parecchio. Fu questo, e la pioggia incessante che la spinse a girare il pomello della porta, ornata da un vetro oscurato da una tenda rossa spessa e probabilmente zeppa di polvere; il campanellino tintinnò annunciando la sua entrata. Abbassò il cappuccio dell'impermeabile, liberando la lunga treccia rossa e lasciando cadere un bel po' di acqua sulla moquette bordeaux, un colore un tempo sicuramente vivo ma che ora aveva assunto un aspetto malandato e trascurato. Andrea iniziò a guardarsi intorno, lasciando scorrere la vista su centinaia di oggetti ammucchiati in ogni dove, che a differenza della moquette e della tenda sembravano essere accuratamente spolverati quotidianamente. Si avvicinò ad alcuni bambolotti alti meno di dieci centimetri, raffiguranti bambini felici, in lacrime, arrabbiati e in diverse pose e pronti a qualche marachella.

«Erano molto amati negli anni novanta, cambiano colore alla luce del sole, si abbronzano proprio come noi!» La voce solare fu inaspettata, ma la dolcezza intrisa non la fece trasalire.

«Buongiorno!» Salutò la signora che le stava dinanzi mostrandole un gran sorriso cordiale.

«Buongiorno a te, cara.»

«Sono molto carini» aggiunse riferendosi ai bambolotti ed evitando di specificare che quella che noi chiamiamo abbronzatura in realtà è la melanina che assorbendo i raggi UVB si ossida e degrada e crea, scurendosi, una barriera protettiva per evitare altri raggi. Si limitò a sorriderle. La donna doveva avere intorno ai cinquant'anni, non molto alta e con un viso perfettamente tondo che si armonizzava con le rotondità del corpo, indossava una gonna particolarmente eccentrica e colorata e una giacca di panno nera con un fiore lilla, gli abiti sembravano datati ma in ottimo stato.

«Cerchi qualcosa in particolare o vuoi solo dare un'occhiata?» Le chiese la donna.

«La seconda» rispose Andrea timidamente, non voleva dare l'impressione di essere un'impicciona che non aveva intenzione di comprare nulla ma solo ripararsi dalla pioggia incessante... anche se era la verità.

Cercò di sembrare disinvolta e tranquilla, mentre si aggirava tra le decine di scaffali e tavoli ricoperti di quelli che sembravano tutti gli oggetti del mondo. Una bacheca in vetro attirò particolarmente la sua attenzione: su quello che sembrava un piccolo altare in pietra si ergeva una teca quadrata con all'interno uno scrigno in legno scuro, largo non più di trenta centimetri; dei simboli erano incisi sulla superficie, ad Andrea parvero rune simili a quelle che aveva visto in alcuni film fantastici, ma non aveva idea di cosa significassero, non ne aveva le competenze, dopotutto aveva solo sedici anni.

«È uno scrigno molto particolare» le disse la signora, prima che Andrea le chiedesse qualcosa in merito. «Secondo un'antica leggenda, al suo interno ci sono dei demoni che esprimono il desiderio della prima persona che lo apre e imprigionano l'anima della seconda.»

La ragazza sgranò gli occhi: «E una cosa inquietante!» Esclamò, mentre l'altra apriva una parte della teca di vetro ed estraeva la scatola di legno.

«Vuoi provare?» Il modo dolce con cui lo chiese contrastò con quello che aveva appena detto sull'oggetto.

«Grazie... ma... non credo di averne bisogno.» Andrea accennò un sorriso, mentre declinava l'invito cercando di allontanarsi.

«Potresti chiedere qualcosa e... magari vendicarti

di qualcuno.» Quel tono gentile sembrava quello di un folle mentre commette qualcosa di terribile.

«Non ho nessuno su cui vendicarmi» si affrettò a dire, cercando di scacciare dalla mente le cose orrende che aveva sentito sul suo conto mentre era chiusa in bagno. La donna esplose in una fragorosa risata, così potente che la costrinse a gettare la testa all'indietro e Andrea non riuscì a fare a meno di notare i denti di un giallo malsano spuntare dalla bocca spalancata; quando la donna tornò col capo in posizione dritta, le parve di vedere ingiallito anche il bianco degli occhi, forse non lo aveva notato prima, come non aveva notato le rughe verso le tempie, profonde come crepe nel terreno e il grigiastro della pelle.

«Tutti abbiamo qualcosa in sospeso con un'altra persona.» Così dicendo porse la scatola ad Andrea che, con il cuore sempre più in tumulto, non riuscì ad evitare di afferrarlo. Tutti quegli strani oggetti e la tempesta che imperversava fuori, le avevano sicuramente offuscato la mente e suggestionata, un oggetto non aveva mai fatto del male a nessuno, soprattutto se era una vecchia scatola di legno, anche se aveva strani simboli e una ancor più strana storia. Fu mentre faceva scorrere le dita sulle incisioni che ne notò una centrale, appena sotto l'apertura: «Memento mori» mormorò, leggendola ad alta voce. Aveva già letto da qualche parte quella frase, forse era latino, ma non ricordava il significato. Come guidata da qualcosa o qualcuno, aprì lentamente il coperchio dello scrigno, senza notare il sorriso grande quanto la sua faccia della signora accanto a lei, né tantomeno i denti ingialliti e ora appuntiti dai quali faceva capolino una lingua sottile e biforcuta, e non ascoltò neanche ciò che le disse: «A volte non è necessario che sia qualcuno del quale ci vogliamo vendicare, ma abbiamo espresso un desiderio da tanto, tanto tempo e abbiamo solo bisogno di qualcuno che si trovi nel posto giusto al momento giusto».

Dall'apertura della scatola di legno fuoriuscirono filamenti neri, che, come fumo, si diramarono nella bottega. Andrea lasciò cadere lo scrigno, come destata da un sonno profondo. Le ombre intorno a lei urlavano e stridevano, mentre prendevano forma; distinse sempre più nettamente lunghi artigli e occhi vuoti su corpi fumosi e allungati. Una delle ombre mosse le lunghe dita verso Andrea, che avvertì un dolore acuto sul petto: l'impermeabile giallo e gli abiti si lacerarono, colorandosi velocemente di rosso; quella cosa, qualunque cosa fosse, le aveva appena squarciato il petto. Lanciò un urlo e si voltò di scatto mirando all'uscita, ma fu nuovamente colpita, questa volta alla schiena: sentì lo stesso bruciore e l'aria fresca sul dorso; fu un bene che non riuscì a vedere gli anelli della colonna vertebrale esposti in bella vista nel mezzo della bottega. Andrea cadde in ginocchio, per poi finire faccia a terra quasi senza fiato, mentre le belve fumose si avventavano sul suo corpo.

La proprietaria del negozio sollevò con cura e devozione la scatola finita in terra, tenendola ancora aperta, una volta che i demoni si fossero saziati della carne della ragazza fino all'anima, l'avrebbe riposta al sicuro nella teca. Poteva già notare dalle mani che il grigiore della pelle stava lasciando spazio al rosato, si sentiva molto meglio, più umana, dopo quasi centocinquanta anni.

Le urla di Andrea erano ormai scemate, sui vetri della bottega gocciolava il sangue che era schizzato sotto gli strappi e i morsi, ma nessuno vi avrebbe badato, le finestre erano oscurate dalla pioggia incessante e le persone neanche si sarebbero voltate verso un negozio ammuffito zeppo di oggetti vecchi, prese come erano a proteggersi sotto gli ombrelli, procedendo spediti verso la strada e nelle loro vite.

2

Odio. Quello che provava Dalila era decisamente odio. Inarrestabile, profondo, quasi da disgustare l'animo umano, ma non poteva farci nulla. Aveva rimuginato molto sui suoi sentimenti e, alla fine, il risultato era stato sempre lo stesso: odio. Lo provava anche in quel momento, in un angolino della palestra della scuola addobbato a festa; era poggiata svogliatamente alla parete giallo ocra sbiadito, a sorseggiare dal bicchiere di plastica che aveva fra le mani un punch insapore, mentre si guardava intorno con disgusto e fastidio. Si stava chiedendo per quale assurdo motivo si fosse fatta convincere ad andare a quella stupida festa primaverile organizzata dal gruppo studentesco, capitanato da due palestrati senza cervello e due oche starnazzanti, senza offesa per il pennuto in questione. Ah già! Le sue compagne di banco l'avevano convinta: «*Non restare a casa anche questa sera*» dicevano, «*Ti divertirai*» avevano promesso. Beh, decisamente si sarebbe divertita molto di più a casa, da sola, immersa in qualche avventura letteraria, piena di suspence o strappalacrime. Le due ragazze erano finite a fingere di essere ubriache e a fingere di flirtare con due ragazzi con troppi brufoli e poca barba, mentre lei faceva compagnia alla muffa delle mura. Decisamente una magnifica serata.

Aveva quasi freddo con solo indosso quel ridicolo vestito, un tubino scuro che le aveva prestato sua madre, perché lei non aveva niente da mettere, le scarpe invece erano le sue, delle banali ballerine nere, perché proprio non sapeva camminare sui tacchi. Si sentiva ridicola fasciata in quel vestito così poco giovanile e di due taglie più grande, considerata la sua eccessiva magrezza e le sue forme inesistenti.

Nessuno l'aveva avvicinata: troppo poco carina per attirare i ragazzi, troppo silenziosa e schiva, forse anche un po' strana, per piacere alle ragazze. Nessuno si era preoccupato di rivolgerle la parola, forse neanche si erano accorti della sua presenza. Erano tutti intenti a divertirsi, o almeno così pareva: fingevano di saper ballare semplicemente aprendo e unendo i piedi a ritmo di musica e muovendo le mani a caso, mentre si scolavano decine di bicchieri di punch con l'aggiunta illegale di alcool, spacciandosi per i grandi esperti abituati ai superalcolici ed elogiandone il gusto meraviglioso, in verità il punch in questione faceva veramente schifo. Lei se ne stava invece nel suo angolino ad ammuffire insieme alle pareti di quella squallida scuola, digrignando i denti fino a farsi venire una potente emicrania e sentendo lo stomaco in una morsa ferrea che ormai identificava come una sorta di esplosione imminente, oh avrebbe tanto voluto essere una bomba; come detonazione, una risata a squarciagola prima di esplodere all'improvviso, mentre gli arti tranciati dei presenti volavano per la stanza, la muffa alle pareti si mischiava al sangue e centinaia di budella si aggrovigliavano agli stendardi colorati che ornavano la sala.

Quello sarebbe stato decisamente divertente.

Odio. Quello che provava Dalila era decisamente odio. Lo aveva capito settimane prima, quando quella morsa allo stomaco si attenuava solo se immaginava lo scempio dei corpi di chi la circondava. Sempre e solo tutti intenti ad interpretare a menadito la parte insulsa che la vita gli aveva affidato in quel miserabile teatrino, sempre tutti pronti a giudicare, a sentirsi superiori, immortali. Con quegli occhi accusatori o finanche ricolmi di pena, come se lei fosse una malata terminale e loro quelli pieni di cellule sane con l'eternità dinanzi a loro. Dalila formulava questo pensiero da giorni, quando durante una lezione di latino, l'insegnante si era avvicinata alla lavagna e aveva iniziato a scrivere qualcosa, non aveva finito di incrociare le linee a formare una M che l'attenzione di Dalila, assopita fino ad allora, si era ridestata di colpo, la morsa di odio allo stomaco aveva preso toni più adrenalinici che si erano accentuati fino a che la donna non aveva terminato la scritta: *MEMENTO MORI: ricordati che devi morire.*

Forse il mondo sarebbe stato un posto migliore

se tutti si fossero ricordati di avere un countdown incorporato; forse avrebbero trattato meglio gli altri o si sarebbero preoccupati di ferire qualcuno, se non altro, per la paura di finire da un momento all'altro in qualche brutto posto per l'eternità. Dalila non credeva a queste scemenze e, a dirla tutta, non tollerava nessun tipo di religione, le trovava solo qualcosa che poteva essere utilizzato per garantire la propria posizione nella società: sono una brava persona perché vado a messa e prego ogni giorno. Poco importa se si parla male del vicino, se si sparla di quell'amica, se ti infili tranquillamente nel letto della tua consorte dopo averla tradita o se guardi le minorenni nude su un sito porno. C'è sempre la confessione che assolve da ogni peccato.

Era convinta che almeno il cinquanta percento delle persone che la circondavano, avessero desiderato di far esplodere qualcuno, ma continuavano a sorridere innocenti come se niente fosse.

Odio, stava provando troppo odio e oltre alla testa iniziava a farle male anche lo stomaco, o forse la colpa era di quell'orrendo punch. A peggiorare la situazione, la visione di quel gran pezzo di stronzo, alias Albert Bianchetti, ultimo anno, magro, atletico e capitano della squadra di calcio della scuola, ma soprattutto suo ex ragazzo e questo faceva scattare in lei tutta una serie di riferimenti che poco avevano ormai a che fare con i sentimenti. Circa un mese prima, Dalila conscia dei suoi sentimenti nei confronti del giovane, aveva deciso di donarsi a lui anima e corpo; certo, Albert aveva fatto non poca insistenza e lei non si era sentita subito pronta ad avere un rapporto sessuale completo, ma una sera si era lasciata trasportare dai sentimenti e dalla libido e, soprattutto, dal volere proprio con Albert, suo primo ragazzo e suo primo vero e proprio batticuore, perdere la verginità. Era conscia del fatto che, nonostante il trasporto sentimentale e il sentirsi a proprio agio, la prima volta sarebbe comunque stata dolorosa, ma non poteva immaginare che non lo sarebbe stata solo fisicamente. Erano sui sedili posteriori della macchina di lui, provava un po' di vergogna perché era la prima volta che si ritrovava davanti ad un ragazzo senza vestiti, era anche preoccupata di non sentirsi adeguata e all'altezza della situazione e soprattutto si stava involontariamente irrigidendo per il dolore della penetrazione. Stava cercando di non lamentarsi, ma alcuni suoni, non particolarmente languidi, erano sfuggiti dalle sue labbra e Albert sembrava si stesse infastidendo, soprattutto perché sembrava frustrato dal fatto che Dalila fosse particolarmente rigida e non gli permettesse un libero sfogo.

«Aspetta» sfuggì dalle labbra della ragazza e lui si fermò, guardandola negli occhi. Dalila credette di leggervi comprensione, ma ne restò delusa, quando Albert si portò l'indice verticalmente tra il naso e le labbra e vi soffiò sopra per zittirla.

«Non c'è bisogno di agitarsi così, ti sto soltanto scopando» disse poi.

Dalila non era di certo una ragazza con chissà quale etica, ma aveva sedici anni e non era stata ancora con un ragazzo, e perdere la verginità in macchina dopo due settimane che frequentava un ragazzo, non era tra le sue priorità. Insomma, aveva il diritto di decidere come e quando fare sesso per la prima volta, invece di accondiscendere ai capricci del primo che arrivava, solo perché era più grande, aveva la patente e si sentiva un gran figo. Questo avrebbe voluto dirgli, oltre a scostarselo di dosso, rivestirsi e andare via. Ma non lo fece, si immobilizzò, quelle parole che rimbombavano incessantemente nella sua testa, la delusione e la consapevolezza di aver distrutto qualcosa che avrebbe dovuto essere un ricordo indelebile e che lo sarebbe stato, ma non positivamente.

Quando tutto finì, Dalila avrebbe dovuto stringere Albert a sé e abbracciarlo, invece avrebbe voluto rannicchiarsi e piangere. Non fece nessuna di queste cose, restò invece in silenzio, si rivestì, come a voler immediatamente coprire qualcosa di sacrilego e osceno e non proferì parola per tutto il viaggio di ritorno, mentre lui la riaccompagnava a casa. Neanche lui aprì bocca e Dalila non capì se fosse per la molta soddisfazione o per la grande delusione; probabilmente la seconda, visto la freddezza con la quale lui la salutò. Il giorno dopo la incontrò nei corridoi della scuola e le disse che tra di loro non poteva funzionare, che erano troppo diversi. Da allora fingeva di non vederla ogni volta che la incontrava.

Anche in quell'occasione, alla festa, lui fece finta di non vederla e Dalila strinse il bicchiere che aveva tra le mani, allo stesso modo in cui una morsa invisibile stava attanagliando il suo stomaco.

A peggiorare il suo umore si mise anche un'altra spettacolare visione: Giulia Granata. Il suo cognome richiamava un oggetto che Dalila le avrebbe volentieri ficcato in bocca (o altrove). La stupidità aveva probabilmente subito un upgrade il giorno in cui era venuta al mondo. Faccia da maialino, priva di fianchi e sedere e con molti chili di troppo; si ostinava a indossare vestiti che il suo fisico non poteva sicuramente permettersi e sculettava per la scuola credendosi la più bella, simpatica e intelligente. Dalila aveva sempre notato quanto una ragazza piuttosto antipatica fosse comunque bellissima e quanto una non particolarmente bella riuscisse ad essere molto simpatica. Giulia sfatava totalmente questa teoria: riusciva a fare totalmente schifo sia esteticamente che caratterialmente. Inoltre, sembrava provare una particolare ostilità nei confronti di Dalila: nel corso del tempo non aveva mai perso occasione per deriderla e far ridere di lei, provava una grande invidia ogni volta che Dalila riusciva in qualcosa meglio di lei (il che accadeva piuttosto spesso) e cercava in tutti i modi di mettere in evidenza qualche difetto della sua compagna che sapeva avrebbe in qualche modo potuto produrre derisione. A servirle la sua testa su un piatto d'argento, fu proprio Albert. Qualche giorno dopo la fine della loro storia, lui aveva iniziato a frequentare Giulia e dopo circa una settimana, su ogni singola chat scolastica era apparso un vocale che aveva fatto gelare il sangue nelle vene di Dalila: i suoi sospiri (ingenui, forse inadeguati) ma inconfondibilmente i suoi, i gemiti di un giovane (decisamente Albert) e i sospiri di lei che pian piano divenivano una richiesta di smettere o almeno di rallentare. Poi quella frase «*Ti sto soltanto scopando»* che ancora rimbombava notte e giorno nella testa di Dalila e che riascoltarla su un vocale che stava allo stesso tempo ascoltando anche tutta la scuola, la fece piombare in uno stato quasi catatonico.

Nessuno sapeva ufficialmente chi fossero i due giovani, ma allo stesso tempo ne erano tutti certi. Dalila non disse ovviamente nulla ai suoi genitori e neanche denunciò l'accaduto, ufficialmente o alla preside della scuola, affrontò solo Albert, una sola volta, ma lui le rise in faccia: «Tu sei una pazza, malata di mente» la derise e le voltò le spalle. Ma Dalila sapeva che era stato lui a fare quella registrazione, come era sicura che a convincerlo a diffonderlo, fosse stata Giulia; lui era il braccio e lei la mente e Dalila avrebbe voluto fargliela pagare cara ad entrambi, ma non aveva idea di come. Si sentiva debole... e sola.

Odio, quanto odio. Le iniziava anche a far male la schiena, poggiata a quel muro da chissà quanto tempo.

L'idea di organizzare quella stupida festa era

venuta alla preside, per tirare su il morale agli studenti dopo lo spiacevole avvenimento. Due mesi prima, Andrea Palladino era uscita da scuola in un giorno di pioggia e non era più rientrata a casa. Pouf! Sparita nel nulla. Nessuno aveva visto nulla o notato qualcosa di insolito o di sospetto. Ovviamente, tipico della società: se scorreggiavi con la finestra aperta, lo sapevano tutti nel raggio di dieci chilometri, se spariva una ragazzina di sedici anni, tutti erano intenti a guardarsi l'interno delle loro mutande in quel preciso istante e non avevano visto nulla.

C'erano stati diversi colloqui per gli studenti in quel periodo: hai notato qualcosa di insolito? Andrea era strana in quei giorni? Ecc... ecc...

Ormai erano trascorsi due mesi e della ragazza non vi era la minima traccia, la preside aveva quindi ben pensato che una festa avrebbe rallegrato i suoi turbati studenti.

A Dalila un po' era dispiaciuto per Andrea, non la conosceva bene, ma erano in classe insieme da tre anni; era una ragazza abbastanza timida e riservata, senza lodi e senza perfidia, in pratica si faceva gli affari suoi e questo a lei decisamente andava bene.

Dalila ne aveva abbastanza di quella festa; posò il bicchiere vuoto su un tavolo e andò in bagno.

All'entrata incrociò un ragazzo che sembrava stesse scappando sconvolto, lo superò senza meravigliarsi troppo, succedeva spesso da quando avevano fatto i bagni misti, a quanto pare ai ragazzi non piace sentir parlare di assorbenti e mestruazioni.

Nel bagno sembrava non esserci nessuno, sollevò le spalle noncurante e si diresse verso uno dei cubicoli. Non aveva fatto in tempo a chiudere la porta che fu attirata da una risatina dal cubicolo alla sua sinistra.

Qualcuno zittì quella risata.

Silenzio, poi uno strano suono, come la suzione di un neonato, seguito da un sospiro.

Dalila ebbe una strana sensazione e non riuscì ad esimersi dall'inginocchiarsi e sbirciare dallo spazio del divisorio. Vide due paia di piedi, uno maschile e uno femminile; sollevò appena lo sguardo verso l'alto prima di rialzarsi velocemente in preda allo shock.

Restò qualche secondo ad osservare l'ombra delle scarpe, per capire se si fossero accorti di lei, ma probabilmente erano troppo impegnati a fare quello che stavano facendo; perché nel cubicolo del bagno accanto al suo, Giulia Granata, faccia da maialino, antipatica e presuntuosa, stava praticando del sesso orale ad Albert Bianchetti, ultimo anno, capitano della squadra di calcio della scuola e suo ex ragazzo.

Quella suzione, che non aveva nulla dell'innocenza di quella di un neonato, continuò e Dalila dovette mettersi entrambe le mani sulle orecchie per tapparsele, prima di sganciare velocemente la chiusura della porta e scappare via dal bagno, nel quale, probabilmente, non sarebbe mai più entrata.

Corse senza fermarsi fino a fuori la scuola, si fermò nello spazio dove si fermavano le auto dei genitori. I genitori. Dalila afferrò il cellulare e chiamò sua madre, era arrivato il momento di tornare a casa. Mantenne la voce calma, poi riattaccò e si sedette sul muretto davanti all'entrata.

Fece lunghi respiri per trattenere le lacrime, vi avrebbe dato sfogo più avanti, da sola, nel suo letto, al buio, protetta dal riserbo dell'oscurità e delle coperte. Non si sarebbe fatta trovare con gli occhi rossi e gonfi da sua madre; troppe domande e troppe spiegazioni da dover dare.

Odio, provava un grande e profondo odio, ma anche altro, qualcosa di così confuso da non riuscire neanche a identificarlo; di sicuro tra tutto spiccava la pena verso sé stessa e non era una bella cosa. Era una stupida, una stupida con stupidi valori. Aveva dato troppo credito a quella storia, troppa importanza a quel ragazzo; non aveva visto, o non aveva voluto vedere, il marcio che la circondava, il letame nel quale stava finendo. Troppo lusingata dalle improvvise attenzioni di un giovane carino e più grande, troppo entusiasta di sentirsi... normale. La sua ingenuità e inesperienza non le avevano fatto capire che i ragazzi non vogliono impegnarsi, non cercano la storia strappalacrime dei romanzi, soprattutto a quell'età, volevano divertirsi e una ragazza che lo permettesse. E decisamente Giulia stava facendo divertire Albert, come lei non era riuscita a fare. Se solo fosse stata più disinvolta e sicura di sé; se fosse stata in grado di fare quello che stava facendo Giulia in quel momento, ci sarebbe stata lei al suo posto; avrebbe camminato con lui mano nella mano nei corridoi della scuola invece di essere ignorata. Ma era una povera sciocca e sarebbe rimasta sempre sola, nessuno avrebbe mai voluto una ragazza noiosa come lei.

Avrebbe voluto prendersi a schiaffi: come poteva pensare quelle cose? Si era dimenticata dell'audio sulle chat? Lei si era comportata da ingenua, ma erano loro, Albert e Giulia, ad essere il male.

La rabbia stava man mano divorando ogni altro sentimento. Dalila iniziò a tremare. Respirò più profondamente e chiuse gli occhi. Sentiva la nausea avanzare e dallo stomaco salire verso la bocca; ma chiudere gli occhi non fu una buona idea: rivide nitida la scena di Giulia che faceva un pompino ad Albert e il suo pene nella bocca di lei. Dalila non l'aveva neanche mai visto, quando erano stati insieme quella sola e squallida volta, non ne aveva avuto il coraggio.

Memento mori, memento mori... continuava a ripetere nella sua mente. *Ricordati che devi morire, che tutti devono morire.* Sperava solo che qualcuno lo facesse nel peggior modo possibile.

3

Aveva trascorso un fine settimana orrendo, ma si era ripresa.

Aveva pensato all'accaduto e si era recriminata spesso di essere troppo frigida, ma poi ci aveva riflettuto ed era arrivata alla conclusione che dopotutto aveva ancora sedici anni e poteva prendersi il tempo che voleva per decidere di fare certe cose. La colpa era di Albert, che aveva finto e si era finto diverso, con l'intenzione di portarsela a letto. Forse era un atteggiamento normale per un ragazzo di appena diciotto anni, ma l'aveva illusa e questo non era giusto, e inoltre... c'era sempre quell'audio, e quella frase «*Ti sto soltanto scopando*».

Ritrovarseli a scuola, davanti agli occhi, senza ricordare l'immagine del membro di lui nella bocca di lei, non era stato facile, ma poteva farcela. Certo, ignorare l'esistenza di Albert era semplice, bastava distogliere lo sguardo se lo incontrava, come faceva lui da settimane; ignorare Giulia, era decisamente più difficile, visto che erano in classe insieme e doveva sorbirsi per ore intere quella orrenda faccia da maiale.

Erano da poco terminate le lezioni e si stava incamminando verso casa, quando si fermò di colpo: il troppo rimuginare le aveva fatto sbagliare strada.

Si guardò intorno, non aveva idea di dove fosse né a quale traversa avesse svoltato invece di un'altra. Ora le toccava attivare il navigatore dello smartphone come una perfetta idiota. Era una povera stupida, che sarebbe morta da stupida e senza sapere come tornare a casa. Tutta colpa di quei due stronzi.

Memento mori, memento mori...

Stava per attivare il navigatore, quando qualcosa dinanzi a lei attirò la sua attenzione: un negozio insolito, con decine (forse centinaia) di cose ammassate (e forse impolverate) che si intravedevano dalle piccole vetrine.

La bottega di zia Marlù indicava l'insegna; che nome di merda pensò Dalila.

Osservò l'entrata e pensò ad Alice che per la sua eccessiva curiosità si era ritrovata a seguire il Bianconiglio, ma si era anche ritrovata nel Paese delle Meraviglie.

In quella stradina non c'era nessun coniglio bianco da seguire, ma in quel primo pomeriggio soleggiato, Dalila ripose il suo smartphone e tese il braccio verso l'entrata della bottega, girò il pomello e un campanellino annunciò la sua entrata nel paese delle meraviglie di zia Marlù.

All'interno c'erano ancora più cose ammassate di quante ne avesse immaginate, ma non erano impolverate come aveva creduto, orrende invece sì. Le sembrava un ammasso confuso di cose, accumulate nel tempo da qualche tizio che non sapeva bene cosa collezionare.

«Ciao, cara» una voce gentile la salutò, alle sue spalle.

«Buon pomeriggio» rispose.

Era una donna di bassa statura, piuttosto rotondetta e vestita come avrebbe fatto una lontana parente inglese che viveva da tempo in qualche paese esotico: con un ammasso confuso di cose come il suo negozio.

«Lei deve essere zia Marlù» chiese.

La donna sorrise incuriosita: «Più o meno» sembrò restare in attesa di una risposta o di una reazione.

«O lo è, o non lo è» disse Dalila.

«Cosa ha fatto? Ha ucciso la vera zia Marlù, per prendersi il suo negozio?»

L'altra sembrò soddisfatta, quasi come se aspettasse una risposta del genere da tempo. Dalila ebbe la sensazione di aver superato il primo step di qualche test.

«Può darsi.»

«Stai cercando qualcosa in particolare o la tua è solo curiosità?»

«Solo curiosità.»

«Sono cose che arrivano da varie parti del mondo.»

«Sono solo gli scarti degli altri, cose che non volevano più, indipendentemente da quale posto del mondo arrivino.»

Dalila disse quella frase con convinzione, stava vagando per il negozio e sembrava tutto inutile e malconcio.

Si avvicinò ad una teca di vetro con una scatola di legno all'interno. In un primo momento credette fosse solo per scena, messa lì e "incorniciata" come se fosse qualcosa di grande valore, poi, notò un'incisione nel legno e sgranò gli occhi. Intagliata sul davanti c'era la scritta *Memento Mori*.

Senza accorgersene, poggiò entrambe le mani sulla teca di vetro.

«Che cos'è?» L'eccitazione nella voce arrivò limpida alle sue orecchie e anche a quelle della donna.

«È un oggetto molto antico, secondo una leggenda, contiene dei demoni ai quali si può chiedere vendetta per qualche torto subito o... qualcosa che si desidera ardentemente.»

«In cambio della propria anima?» Azzardò Dalila, divertita.

«Ogni cosa ha il suo prezzo, dopotutto.»

«Lo ha provato? È così che ha avuto il negozio?» Se la donna avesse voluto giocare, l'avrebbe accontentata.

«Può darsi» era la seconda volta che rispondeva in quel modo e Dalila sospettava che fosse un modo implicito di dire di sì.

«Come vedi, non tutti gli oggetti qui presenti sono lo scarto di qualcuno.»

«Sì, invece. Questo è stato scartato da qualcuno che ne era terrorizzato, ma è pur sempre uno scarto.»

La donna divenne seria: «E tu? Tu ne sei terrorizzata?»

Dalila ci pensò su, ma la risposta era soltanto una: «No!»

L'altra in risposta aprì la teca di vetro ed estrasse la scatola che porse alla ragazza. Questa sì aspettò un qualche insolito avvenimento, invece non successe nulla; sembrava solo una semplice scatola di legno. Oltre alla scritta erano incisi su tutta la superficie, diversi simboli che a Dalila parvero rune.

«Cosa c'è scritto?» Chiese indicandoli.

«Attraverso me si varca la soglia dell'oblio, si può morire e si può risorgere, si può soccombere o divenire un dio. La morte è il destino di tutti, la vita è ciò che scegliamo. Chi decide la vita e la morte, ha l'universo nelle proprie mani. Bisogna morire, per poter risorgere.»

Enunciò quelle parole con serietà, come qualcosa di sacro e Dalila pensò che fosse proprio così.

«Se lo apri, non potrai più tornare indietro. Solo chi non ha paura, può sopravvivere, può risorgere e loro, saranno al tuo fianco. Ma bada, la tua vita e la tua anima saranno di loro proprietà, fino a quando non ne donerai una».

Poteva ridere, avrebbe potuto. Poteva riporre quella scatola, uscire dal negozio e pensare che fossero tutte sciocchezze e quella donna, una pazza strampalata.

Ma non lo fece, perché sapeva che era la verità, come la donna, in qualche modo, aveva capito che Dalila era diversa, che avrebbe creduto e non avrebbe avuto paura.

Fuori da quella scatola c'erano demoni ben peggiori, di quelli che ti condizionano la vita e ti strappavano l'anima, senza però dare nulla in cambio.

La donna fece lentamente dei passi indietro, per poi voltarsi e allontanarsi dirigendosi verso una piccola porta di servizio. L'avrebbe lasciata sola, lei aveva già aperto ai suoi demoni, ora toccava a Dalila, accettare i suoi e accoglierli.

«Come si apre?» Chiese.

«Basta ricordarsi di dover morire» con queste parole andò via e la lasciò da sola.

Dalila fece scorrere le dita sulle rune e sulla scritta.

Bisognava accogliere i propri demoni per accettare la propria natura ed essere sé stessi.

«Bisogna ricordarsi di dover morire» aveva detto la donna.

«Memento mori» disse Dalila ad alta voce. La scritta si illuminò per qualche istante, poi dai margini della scatola, dei filamenti azzurrini uscirono e andarono a formare delle strane figure che la circondarono, divenendo sempre più scure.

Erano esseri inconsistenti, come fumosi; alti più di due metri, con occhi vuoti che sembravano risucchiare la coscienza.

Uno di loro fluttuò verso Dalila, lei tese un braccio

e con il palmo della mano aperto e dritto, lo bloccò. Non aveva paura e lo capirono anche i demoni.

Ruotò la mano e la tese con il palmo aperto verso l'essere dinanzi a lei. Questi tese il suo arto fumoso, sottile e con le estremità come artigli e sfiorò le dita di Dalila. Il bruciore fu intenso e un profondo taglio le aprì la carne; il sangue sgorgò fuori e si diramò tra le dita. Mentre il demone avvolse la mano e il polso della ragazza e lei avvertì una potente energia pervaderla tutta.

4

Descrivere come si sentiva, era praticamente impossibile. L'energia che aveva sentito scaturire, la permeava ancora in quel momento, mentre camminava per i corridoi della scuola, con un passo sicuro come non aveva avuto mai, noncurante di chi la circondava, il suo unico obiettivo era Albert. A breve sarebbe iniziata la partita di calcio che avrebbe visto scendere in campo la squadra del suo ex con quella di una scuola a venti chilometri e lei non voleva perdersi lo spettacolo per nulla al mondo. Almeno, non quella volta, quando lo spettacolo sarebbe stato decisamente divertente, almeno per lei.

I giocatori erano già in campo a riscaldarsi e tutta la scolaresca stava defluendo verso il campo per sostenere i suoi beniamini, alcuni solo per essere riconoscenti alla squadra per la fine anticipata delle lezioni una volta a settimana.

Dalila vide Giulia con la sua migliore amica Katia,

una ragazza della loro classe che la seguiva come un topolino a cui dai del formaggio, quello in questione era il mega appartamento di Giulia e la villa al mare dove la portava ogni fine settimana. Era l'unica a sopportarla e tollerarla; falsa, meschina e bugiarda, veniva evitata da tutti come la peste nel Seicento. A Giulia sembrava importare poco, le bastava piacere ai ragazzi e il perché piacesse, a Dalila era ben chiaro.

Entrarono in bagno e le sentì starnazzare come oche mentre le seguiva. Si infilò in uno dei cubicoli, mentre loro ridevano di cose senza senso in un altro. Le sentì uscire poco dopo e fermarsi vicino ai lavandini. Dalila poteva sentire l'acqua scorrere. Uscì e si avvicinò anche lei al lavabo per lavarsi le mani.

«Quel ragazzo è insopportabile» disse Giulia lasciva alla sua amica Katia.

«Guarda cosa mi ha fatto.» Continuò, indicandosi un'evidente succhiotto rosso sul collo.

«Albert?»

«Sì, è insaziabile!» E ancora risate.

Puttana, schifosa puttana odiosa.

Non perdeva occasione per prendersi gioco di lei, in un modo o nell'altro.

«Devo dirgli di darsi una controllata o mia madre se ne accorgerà» continuò Giulia.

Memento mori, memento mori.

«Ora andiamo, se non mi vede sugli spalti a tifare per lui, potrebbe impazzire.» Altre risate.

Memento mori, memento mori.

«Memento mori.»

«Come, scusa?» Per la prima volta si accorsero della sua presenza o meglio, si degnano di guardarla. Entrambe restarono ad osservarla in attesa, probabilmente Giulia credeva l'avesse insultata e non vedeva chiaramente l'ora di infierire ulteriormente, vantandosi della sua liaison con Albert.

«Nulla, ricordavo solo ad alta voce una cosa che devo fare.» L'altra sollevò un sopracciglio poco convinta, ma impossibilitata a poter continuare oltre, e uscì dal bagno con Katia, quella volta, entrambe senza ridere.

Dalila arrivò sugli spalti del campo, quando questi erano già stracolmi; oltre agli studenti, anche ai genitori dei membri della squadra era permesso di vedere la partita.

Si posizionò da sola su un seggiolino libero che trovò, da lì aveva una buona visuale e ne fu contenta: non voleva assolutamente perdersi nulla di quella partita… assolutamente nulla.

Indossava solo la camicetta della divisa scolastica e dopo trenta minuti iniziò ad avvertire un leggero brivido, ma non le importava, dopotutto, non mancava molto.

Albert giocava come centrocampista e a Dalila venne in mente quando le aveva chiesto di essere la sua ragazza, poco prima dell'inizio di una partita e, quando lei gli aveva detto di sì, lui le disse che se avesse segnato un gol, lo avrebbe dedicato a lei.

Stronzo, stronzo pezzo di merda.

I suoi pensieri sfumarono facendola tornare alla realtà, quando il boato della platea ebbe un sussulto: Albert aveva mancato la porta per pochissimi centimetri. Non poteva più aspettare, non gli avrebbe concesso la gioia di gettare la palla in rete. Albert Bianchetti non avrebbe mai più segnato un goal.

Dalila sollevò la mano destra e lentamente tolse la benda che avvolgeva la mano. La ferita era ancora rosso vivo, il sangue raggrumato era mescolato a qualcosa di nero. Dalila osservò Albert in mezzo al campo che, palla al piede, cercava di farsi strada schivando due avversari. Tornò ad osservare la ferita alla mano e si concentrò su cosa desiderava accadesse. Dopo qualche istante, riportò lo sguardo su Albert che, come colpito da un bastone invisibile, si accasciò a terra improvvisamente, lanciando un urlo che superò i cori della tifoseria.

La gamba sinistra sembrava essersi piegata su sé stessa, accartocciata. Tutti corsero accanto a lui, arbitro compreso e qualcuno distolse lo sguardo raggelato, mentre altri sembravano sul punto di vomitare. Tutti i presenti si alzarono dalle sedute, ma Dalila riuscì comunque a ritagliarsi uno squarcio per vedere ciò che stava accadendo. Albert era disteso a terra e si contorceva in preda al dolore: l'osso che si era tranciato ed era schizzato fuori dal polpaccio strappando muscoli, legamenti e brandelli di carne, doveva fare molto male. Il tappeto di erba verde si colorò di rosso sotto il corpo del giovane, mentre i soccorritori portarono in campo una barella.

Dalila lentamente si diresse verso l'uscita, accompagnata dalle urla di dolore di Albert.

5

Albert si mosse nel letto ed emise un lungo lamento, mentre cercava di girarsi, aprì gli occhi confuso. Sembrava essersi dimenticato dell'accaduto.

La stanza d'ospedale era semibuia, era solo nella stanza (o almeno così credeva) e le spesse tende erano tirate, così da non permettergli di capire esattamente che ore fossero. Si era addormentato quando gli antidolorifici avevano fatto effetto; in quei momenti, prima che il medicinale scendesse a gocce attraverso il tubicino della flebo infilato nel suo braccio non riusciva a pensare ad altro che al dolore, ma quando questo cessava, si ricordava di avere un ferro nella gamba, che univa le due parti della tibia che una volta erano un tutt'uno, e che non aveva ancora la più pallida idea di quando (e se) sarebbe stato in grado di tornare a giocare. Questo riusciva a mandargli in frantumi il cervello più del dolore. Il calcio era tutta la sua vita.

Erano tre giorni che era chiuso in quella stanza e iniziava a non sopportarla più. Spostò lo sguardo sullo squallido arredamento e per poco non gli venne un infarto: su una poltrona, nell'angolo di fronte al suo letto, c'era la sagoma di quella che sembrava una giovane donna. Cercò a tentoni l'interruttore della luce, senza distogliere lo sguardo dalla figura; quando finalmente lo trovò, la luce artificiale illuminò il piccolo corpo di Dalila. Indossava la divisa scolastica, aveva una scatola di legno in grembo e Albert non aveva la più pallida idea di cosa ci facesse lì, né da quanto tempo lo stesse osservando; l'orario delle visite doveva essere terminato da un bel pezzo.

«Cosa ci fai qui, Dalila?» Non voleva essere scortese, ma la situazione lo stava alquanto inquietando; aveva già i suoi problemi e la sua ex che lo osservava in un angolino della sua stanza in ospedale non ci voleva affatto, anzi, Dalila in verità non lo stavo affatto guardando, non toglieva gli occhi da quella scatola, continuando a farci scorrere le dita sopra.

«Ti ricordi il nostro primo appuntamento?» Iniziò, parlando lentamente. Quella che avevo appena posto, non sembrava affatto una domanda, infatti continuò senza aspettare una risposta: «Stavamo mangiando un gelato seduti su una panchina ai giardini di fronte casa tua. Dei bambini si stavano rincorrendo e uno di loro spintonò una sua compagna, ma mentre correva, questi inciampò e cadde, sbucciandosi un ginocchio. Io ti dissi che era stato il karma e quando tu mi chiedesti cosa volessi dire, ti dissi che i peccati si pagano, sempre.» Finalmente sollevò lo sguardo (freddo, glaciale, ricolmo di odio) e lo posò sulla figura di Albert, avvolto in uno squallido pigiama grigio topo, in uno squallido letto d'ospedale.

«In un modo o nell'altro.»

«Non hai risposto alla mia domanda» disse lui, riferendosi a cosa ci facesse lì.

«Sì che l'ho fatto!»

Albert non era sicuro di aver capito. Cosa voleva dire? Che era lì per fargliela pagare? E cosa aveva fatto per meritarsi una punizione? L'aveva lasciata?

O il problema era quello stupido audio? Era soltanto uno scherzo. Si, era vero, si era comportato da stronzo, ma era giovane e voleva divertirsi, vivere in pieno le prime esperienze e Dalila non dava molto adito in questo, mentre Giulia, per quanto non le piacesse affatto fisicamente (e anche caratterialmente) faceva cose... divertenti. Era un peccato questo? Era peccato aver commesso una piccola sciocchezza, uno scherzo da ragazzi? Era qualcosa di cui pagarne le conseguenze, perché i peccati si pagano? Si osservò la gamba immobilizzata, con i tubicini drenanti che spuntavano dolorosamente dalla carne, e per un momento pensò, che forse era vero che i peccati si pagavano.

«Sei qui per vedermi soffrire?» Mentre la pronunciava, si rese conto che quella non era una domanda.

Dalila mosse la testa su e giù in segno affermativo.

«Beh, mi hai visto, ora vattene!»

Lei in risposta chiuse gli occhi e si abbandonò ad una risata silenziosa, quando li riaprì, non sorrideva più.

«Credi che possa bastarmi una gamba rotta?»

Albert avrebbe voluto chiederle cos'altro volesse, ma Dalila aveva uno sguardo insolito e soprattutto, continuava a far scorrere quelle sue dita sottili su quella dannata scatola di legno, che non sapeva perché, ma lo inquietava alquanto. Forse perché in realtà, non sapeva quanto fosse veramente dannata.

Deglutì: «Vuoi che ti chieda scusa? Vuoi che faccia un video dove ti chiedo ufficialmente scusa e lo diffonda su tutti i social?» Per quanto quelle parole gli fossero uscite con tono quasi sprezzante, in realtà, Albert sperava che lei gli rispondesse in modo affermativo, perché l'alternativa che si stava formando nella sua testa, era Dalila che estraeva da qualche parte una pistola e gli piantava una pallottola in fronte. L'aspetto ironico era che se avesse saputo cosa stava per succedere, avrebbe trovato una pallottola in fronte piuttosto confortante.

Dalila si alzò dalla poltrona, ma non estrasse nessuna pistola, stringeva tra le mani solo quella scatola, e non rispose alle sue farneticazioni, ma pronunciò solo due parole: «Memento mori.»

La scatola si aprì di qualche centimetro permettendo a un fumo nero di inondare la stanza. Era strano, si muoveva sinuoso e sembrava stesse assumendo forma umana, se esistesse un uomo alto più di due metri, con braccia lunghe quasi fino al pavimento, con dita fatte di artigli e due occhi grandi e vuoti ma pieni di ogni male e dolore.

Erano in quattro e uno di loro si avvicinò al letto di Albert, che d'istinto si sporse per afferrare il pulsante di emergenza, era in caso si sentisse male, ma quella gli parve un'emergenza ben più grave, per quanto assurda. Non vi arrivò, perché l'essere più vicino, sferzò un colpo verso il suo braccio. Non avvertì dolore, fu il ticchettio delle gocce di sangue sul pavimento ad attirare la sua attenzione verso il suo arto destro: si era aperto uno squarcio, mostrando un altro suo osso; riusciva anche a vedere una vena pulsare nell'avambraccio e spingere fuori il sangue copiosamente. Albert lo osservò sotto choc, voleva liberare un urlo che sentiva salire dalle viscere, ma la gola sembrava non volerne sapere. Pochi istanti dopo, non ce ne fu più bisogno, non avrebbe comunque potuto più farlo, perché l'essere davanti a lui sferrò un altro colpo e questa volta il dolore lo avvertì e fu atroce: gli artigli fumosi erano decisamente consistenti in realtà e gli strapparono via mezza faccia, lasciandogli scoperti i denti e le gengive e facendogli rigurgitare sangue da dove prima vi erano le guance e lasciando sulla parete alle sue spalle, una scia scarlatta degna di un'artista d'arte contemporanea della peggior specie.

Un altro colpo e la parte superiore del pigiama finì in brandelli, così come la pelle che rivestiva il costato. Albert iniziò ad essere preda di scosse epilettiche, i polmoni si gonfiavano e sgonfiavano tra le costole e il cuore pompava all'impazzata. Dalila si avvicinò e osservò proprio quest'ultimo organo; non poteva sentirne il battito ma riusciva a immaginarselo, guardandolo gonfiarsi ritmicamente accompagnando i sussulti di Albert che ad ogni sobbalzo rigurgitava bocconi di sangue che sbrodolavano fuori, inondando ciò che restava della faccia e le lenzuola fino a poco prima bianche.

La ragazza distese un braccio e con il dito indice della mano, strusciò sul cuore che sentì rimbalzare curiosamente sulla pelle e, una volta intinto di sangue, se lo portò alle labbra, gustandolo fino all'ultima goccia. Poi lo posizionò verticalmente davanti al naso e alla bocca e protendendo le labbra, produsse un sibilo per zittire i rantoli d'agonia di Albert.

«Ti sto soltanto uccidendo.»

6

Era notte fonda, ma Dalila sapeva che avrebbe trovato la porta della casa di Giulia socchiusa, così come era riuscita ad evadere qualsiasi tipo di controllo nell'ospedale; quella scatola poteva tutto, in che modo Dalila non lo sapeva, ma era una certezza così come lo era il fatto che sarebbe stato doloroso separarsene, ma prima o poi sarebbe accaduto, doveva raggiungere altri, era giusto così.

Giulia era a casa da sola e questo Dalila lo sapeva perché non aveva fatto altro che lamentarsi tutto il giorno: i suoi genitori avrebbero dormito fuori casa per il loro anniversario e avrebbe potuto trascorrere "una notte infuocata con Albert" (aveva usato quelle esatte parole) ma quello "sfigato con la fissa del calcio" (anche queste erano sue) si era rotto una gamba e giaceva in un letto di ospedale con un catetere per poter urinare senza alzarsi, anche se in realtà non avrebbe più urinato in vita sua, visto che la vescica e tutto il resto erano ormai brandelli confusi di carne e ossa; ma questo Giulia ancora non lo sapeva. Inoltre, la sua migliore amica si era beccata l'influenza e questo aveva gettato i piani di Giulia nella pattumiera: niente notte di sesso o pigiama party con foto da postare sui social, anche perché non aveva altre amiche o amanti. Le era rimasta solo una squallida serata solitaria, pigiamino e lettuccio. Ma ci avrebbe pensato Dalila a ravvivare la nottata. Sarebbe stata indimenticabile.

La casa era molto grande, disposta su due piani. Dalila non vi era mai stata prima, ma sapeva di poter contare sul suo istinto, o meglio, su quello della scatola. La casa era al buio, solo una luce si intravedeva da una delle stanze al piano superiore, sicuramente la stanza di Giulia. Dalila salì lentamente i gradini della scala e si posizionò nella parte più buia del corridoio. Aprì lo zaino a sacca che aveva portato con sé ed estrasse una mazza da baseball che suo padre aveva acquistato quando era in fissa sul collezionare oggetti sportivi. Si osservò la ferita alla mano, era ancora molto scura, ma non faceva più alcun male e impugnò la mazza con quella stessa mano; l'avrebbe aiutata a dosare la forza, non poteva sbagliare.

Giulia spuntò dalla sua stanza; indossava un pigiama di pile rosa e a Dalila ricordò ancora di più un maialino, una scrofa per l'esattezza.

«C'è qualcuno?» Disse al corridoio buio e apparentemente vuoto.

Che stupida domanda, pensò Dalila; come se un ladro o un killer palesasse tranquillamente la sua presenza senza conseguenze. Non riuscì a trattenere una risata e uscì dall'oscurità.

Giulia trasalì, confusa: «Dalila? Cosa ci fai in casa mia e come hai fatto a entrare?»

«Come ho fatto ad entrare, è affare mio, il perché sono qui è qualcosa di cui devi preoccuparti. Ti risponderò come ho risposto ad Albert: perché i peccati si pagano.»

Solo a quelle parole, Giulia parve accorgersi della mazza da baseball tra le mani dell'altra, ma era troppo tardi, era nella posizione perfetta: accanto alla scala.

Dalila avvertì una forte energia avvilupparle il

polso. Strinse la mazza e sollevandola di un metro verso l'alto, la scagliò contro le ginocchia di Giulia, che perse l'equilibrio e finì all'indietro giù per le scale.

Dalila si godette la scena di vederla rotolare gradino per gradino come una goffa palla da bowling morbida, per poi fermarsi priva di sensi in fondo ad essa.

Respirava ancora, Dalila ne era certa. Doveva necessariamente, e avrebbe dovuto farlo ancora per un po'.

7

Giulia aprì gli occhi lentamente e non sembrò stupirsi della presenza di Dalila, piuttosto di essere completamente nuda, distesa sul suo letto, con le braccia sollevate sulla testa e i polsi racchiusi in due manette con il pelo rosa, che con la piccola catena che le teneva unite, la immobilizzavano alla spalliera del letto.

Dalila la osservava ad un metro di distanza, comodamente seduta sulla sedia che Giulia utilizzava quando era alla scrivania; con una mano roteava la mazza da baseball con la quale l'aveva colpita, tenendola verticalmente sul pavimento. La guardava apaticamente, credeva che avrebbe provato molto più piacere nell'osservare il suo sguardo sempre più spaventato e preoccupato; invece, riusciva solo a pensare a quanto il suo viso somigliasse sempre più a quello di un maiale: senza trucco (era la prima volta che la vedeva così) e con il viso piegato nello sforzo di alzare la testa dal cuscino, che le procurava un orribile doppio mento e le apriva le narici del naso simulando quello del suo simile suino.

«Liberami subito!» La voce stridula, mentre cercava di dissimulare il tremore per tutto il corpo.

Dalila pensò che quella ragazza continuasse a dire un mucchio di sciocchezze. Si protese in avanti, come a volerle sussurrare un segreto, la voce impregnata di falsa dedizione: «Visto che me lo hai ordinato, ti libererò, farò tutto ciò che mi ordinerai.»

Giulia la guardò senza dire nulla; non era stupida fino al punto di non accorgersi che si stava prendendo gioco di lei. Dalila riparlò, e questa volta, la sua voce acquisì sfumature del tutto diverse: «Non sei tu a dettare le regole, questo è il mio gioco, il mio divertimento.»

«Tu sei completamente pazza!»

«Può darsi. Chi può saperlo veramente, alla fine la pazzia altro non è che il confine tra realtà e illusione.»

Giulia iniziò a tremare vistosamente e gli occhi le si riempirono di lacrime, che probabilmente non aveva più intenzione di trattenere, tanto che condizionarono anche il tono della sua voce: «Perché mi fai questo?»

Dalila la osservò e si chiese come poteva non rendersi conto di ciò che aveva fatto.

«L'anno scorso hai detto di aver avuto il massimo dei voti ad un test di storia e letteratura, ma io avevo sentito il professore parlarti del tuo scarso rendimento e sapevo che avevi mentito, ma non dissi nulla; erano affari tuoi e non miei. All'inizio di quest'anno, dicesti di aver superato l'esame di informatica, ma quando andai io a sostenerlo, c'eri anche tu nella stanza, per rifare l'esame che non avevi superato la volta precedente e che non superasti neanche quella volta. Anche allora non dissi nulla, anche se non capivo perché sentissi la necessità di mentire sempre. Forse ti sei sempre ritenuta troppo importante, hai sempre creduto che agli altri importasse talmente di te, da interessarsi a tutto ciò che facevi e come lo facevi. Ma la verità, è che non importa a nessuno. Nonostante avessi sempre mantenuto i tuoi segreti, e tu lo sapevi, anche se non li comprendevo, non hai esitato mai ad umiliarmi ad ogni occasione. Quel borbottio continuo mentre mi osservavi, quel sussurrare e ridere di me con gli altri, e perché? Perché sono sempre stata più brava di te in molte cose? Perché avevo Albert e lo volevi tu? Non ti bastava ignorarmi, non ti è mai bastato, era troppo poco, hai sempre voluto distruggermi, e l'occasione perfetta te l'ha data proprio quell'imbecille di Albert. Sei stata tu a convincerlo a diffondere quel vocale.»

«E allora perché non ci hai denunciati?» Esplose Giulia, con una forza improvvisa che Dalila non credeva avesse più a quel punto.

«Perché volevo solo cancellare ciò che era successo. Denunciarvi lo avrebbe invece evidenziato maggiormente, avrebbe confermato il fatto che fossi io la ragazza dell'audio e sicuramente, ho anteposto la paura dell'umiliazione alla mia dignità».

Dalila abbassò lo sguardo sulla mazza da baseball. Sentì improvvisamente piombare su di lei una gran colpa. Ci si poteva sentire vittima e carnefice di sé stessi contemporaneamente? Perché era quello che provava Dalila: sentiva di essere stata troppo debole ad aver permesso tutto ciò e non sapeva se sarebbe riuscita a perdonarsi, ma ci avrebbe pensato poi.

Si sollevò di scatto brandendo la mazza e concentrò tutto il suo malessere, tutto ciò che le avevano fatto e che non avrebbe più permesso rimanesse impunito, e colpì le ginocchia di Giulia, che liberò un urlo prolungato. Fu musica per le orecchie di Dalila, che sentì l'odio trasformarsi in energia che si espanse per tutto il corpo.

Continuò a sferrare colpi al corpo di Giulia: sulle gambe, sull'addome, sul petto. Nella zona della pancia, ad ogni colpo, poteva notare come il grasso in eccesso si scuotesse come un budino e quando le colpì il costato, riuscì a sentire chiaramente il rumore di qualcosa che si spezzava, probabilmente le costole, e Dalila sperò che facesse molto, molto male.

«Puttana di merda!» Sibilò per lo sforzo e poi si spostò sulla faccia, colpendola più e più volte. Il primo colpo, le fece quasi esplodere il naso, che si storse, lasciando scivolare dalle narici copiosi rivoli di sangue. Il secondo, le aprì in due il labbro superiore e inferiore, facendola somigliare a quei mostri che aveva visto in un film su un'epidemia di zombie. Poi ci fu un terzo e un quarto e poi, ad un certo punto, perse il conto. Quando si fermò, ansimava per lo sforzo e l'adrenalina. Giulia aveva smesso di urlare il suo viso era una maschera di sangue. Uno degli occhi aveva una palpebra frantumata e la pupilla strabuzzava fuori, volgendo verso l'alto in maniera innaturale; il naso (o ciò che ne rimaneva) guardava lateralmente e le narici non si distinguevano più; mentre le labbra, erano una poltiglia confusa dalle quali spuntavano denti rotti e la mascella, era spaccata e in parte pendeva verso il basso, facendo assumere alla ragazza un sorriso sghembo.

Dalila lasciò cadere in terra la mazza ed estrasse la scatola dal borsone. Mentre riprendeva fiato, sfiorò con le dita, per quella che probabilmente sarebbe stata l'ultima volta, le incisioni sulla scatola e pronunciò le consuete parole: «Memento mori.»

Le ormai familiari figure fumose spuntarono e si dilagarono nella stanza. Giulia sembrava annegare nel suo stesso sangue che le finiva in gola a causa del viso maciullato e Dalila non riuscì a capire se stesse vedendo ciò che stava accadendo, ma non le importava, non più.

Un demone la guardò e dopo un fievole accenno di assenso di Dalila, si fiondò insieme agli altri su Giulia.

Issavano e sferzavano con i loro artigli. Il sangue schizzava in ogni dove, sul soffitto, sulle pareti, sul viso di Dalila, che con una mano se lo scostò dalla faccia, poi se la osservò: la ferita, che aveva segnato il patto con i demoni, era ormai sparita.

DANIELA E.

MONSTRUM

1

B ianca Gualtiero lo aveva detto e ripetuto ai suoi figli. Non si riteneva una madre particolarmente severa, dopotutto "le regole della casa" non erano molte: non alzarsi da tavola finché la cena non fosse effettivamente terminata, non utilizzare un linguaggio scurrile, andare a dormire alle dieci di sera e non giocare più di un'ora al giorno ai videogame. Gli ultimi due punti erano bellamente stati infranti dalle due pesti al piano superiore.

Bianca Gualtiero lo aveva detto e ripetuto ai suoi figli: le regole non si infrangono. E lo avrebbe ripetuto ancora e ancora, fino allo sfinimento, più probabilmente il loro. Si caricò di tutta l'autorità possibile e del cipiglio più severo che potesse mostrare, mentre si incamminava per il corridoio, dove in fondo vi era la stanza del primogenito, dove entrambi i "mostriciattoli" si erano rifugiati.

Le urla euforiche facevano quasi vibrare le mura

ed erano ampiamente accompagnate dal volume altissimo della televisione. Quando Bianca aprì la porta, si ritrovò i due figli in pigiama, seduti ai piedi del letto, concentrati sui propri controller che urlavano contro lo schermo del televisore.

«Ragazzi, vi rendete conto di quanto sia alto il volume?». I due fratelli non considerarono la donna, né diedero segno di aver notato la sua presenza.

«BASTA!» alle urla di Bianca, Ethan e Thomas si voltarono finalmente verso di lei, che diede una veloce occhiata allo schermo della televisione, dove quelli che sembravano zombi ciondolavano con i loro brandelli di pelle lasciando scie di sangue; la donna, disgustata, distolse lo sguardo: «Sono le dieci passate, domani c'è la scuola, andate a dormire e soprattutto, spegnete quel coso!» concluse indicando la console.

«Mamma non sono più un bambino, ho quasi sedici anni!» Si lamentò Ethan.

«Sarà anche così, ma finché...»

«Sì, sì, finché non sarai maggiorenne e finché vivrai in questa casa, farai ciò che diciamo io e tuo padre!» La scimmiottò il figlio alzando gli occhi al cielo.

I due ragazzi si premunirono di obbedire alla madre, che dopo aver appurato che avevano lavato i denti e indossato i pigiami, si dileguò tornando alle sue faccende in cucina.

«Notte Ethan!» Salutò Thomas, di dieci anni più piccolo di suo fratello, prima di uscire dalla stanza per andare nella sua.

Dormire da solo non gli era mai piaciuto, ma se voleva diventare coraggioso come suo fratello maggiore, avrebbe dovuto farsi forza. Si richiuse la porta alle spalle e si infilò sotto le coperte, dopo aver spento la luce.

Un rumore di qualcosa che grattava sotto al letto, gli fece nuovamente sgranare gli occhi. Accese velocemente la luce del lume a forma di palla da calcio che aveva sul comodino e pensò di piegarsi testa in giù per osservare cosa ci fosse sotto al suo letto, ma se ci avesse trovato un mostro, avrebbe potuto staccargli la testa con un solo morso.

«Mamma...» la voce strozzata dalla paura era

simile a quella che aveva a tre anni.

«Mamma! MAMMA!» Urlò sempre più forte, per farsi sentire.

Dei passi concitati fuori la porta anticiparono l'entrata della mamma, non particolarmente spaventata dalle urla del figlio, ma piuttosto abituata alle sue crisi di panico per essersi impressionato di qualcosa nel buio, talvolta un giocattolo abbandonato sul pavimento, spesso qualche vestito sparso, che agli occhi di un bambino impaurito nel buio, assumevano forme apparentemente mostruose.

«C'è qualcosa sotto al mio letto» disse Thomas quasi con un filo di voce.

«Non ne ho alcun dubbio, ma sono incerta se sia solo polvere o ci siano anche le tue carte di quei mostriciattoli colorati!»

Il bambino parve offeso: «Dico sul serio! C'è qualcosa sotto al mio letto, l'ho sentito!»

«Anche io dico sul serio! Mettiti a dormire!»

Il cipiglio severo di sua madre lo convinse a desistere. Forse quel dio del sonno di cui non ricordava mai il nome lo avrebbe cullato, come diceva suo padre, e si sarebbe addormentato senza ulteriori interruzioni.

«Buonanotte e sogni d'oro» disse la madre accennando un sorriso, prima di chiudere la porta alle sue spalle.

Thomas sospirò, cercando di farsi coraggio, e spense la luce.

Chiuse gli occhi; non voleva immaginare strane cose che non esistevano, solo perché la sua mente aveva una fervida immaginazione di notte.

Ma quel graffiare riprese e non gli piaceva affatto.

Forse erano i topi in soffitta, peccato che loro non avevano una soffitta.

Si strinse le coperte fino a coprirsi il naso, ma qualcosa iniziò a tirarle verso il basso.

Strinse ancora di più gli occhi. Se lo stava immaginando sicuramente. Si stava immaginando tutto.

Qualunque cosa fosse, frutto o meno della sua immaginazione, si stava arrampicando sul suo letto.

Strinse gli occhi fino a farsi male e le coperte fino a

farsi diventare bianche le nocche delle mani.

Avvertì qualcosa di appuntito camminargli sulle gambe, come... come artigli... artigli affilati.

Spalancò gli occhi senza riuscire più a trattenersi.

E ne incontrò due enormi e rossi come le fiamme.

2

Ethan sospirò, mentre poggiava a terra le buste della spesa, si era caricato troppo, ma proprio non gli andava di uscire una volta in più o dover ritornare il giorno dopo al supermercato; doveva studiare, quell'esame gli stava togliendo il sonno e dando il tormento.

«Non le sto dicendo che è stato lei ad aprire, so bene che non ha le chiavi, le sto chiedendo se ha visto qualcuno gironzolare vicino questa porta» stava dicendo il suo vicino, Padovani, al tizio delle pulizie.

Era stata trovata la porta del sottoscala aperta, Padovani era parso palesemente sconvolto anche nei messaggi nel gruppo condominiale; non era stato rubato nulla, anche perché non c'era nulla da rubare nel loro sottoscala, ma il suo vicino (non soltanto lui) era sempre particolarmente suscettibile quando si trattava di quel luogo, per via di qualche vecchia diceria e un certo pozzo, che Ethan neanche aveva mai visto, anche se lui e gli altri bambini del suo palazzo ne erano sempre stati incuriositi, con il tempo era diventata una sorta di leggenda, una storia per tenere i bambini alla larga dal seminterrato.

Padovani continuava a parlottare concitato, quando si interruppe di colpo, vedendo uscire dall'ascensore la coppia dell'ultimo piano, trasferitasi da poco; sicuramente il suo vicino non voleva apparire pedante e isterico ai nuovi arrivati. Peccato che lui fosse pedante, e anche a tratti un po' isterico.

«Buongiorno!» Disse Ethan.

«Buongiorno!» Fu la risposta che diedero tutti gli altri, compreso Padovani che si sforzò di sorridere alla coppia. La situazione negli ultimi tempi era già terribile: un bambino di quattro anni era sparito, mentre dormiva nel suo lettino e sua nonna guardava una telenovela turca nel salotto. La polizia veniva spesso e tutto ciò aveva turbato i novelli sposi e Padovani, che adorava sottolineare quanto meraviglioso e accogliente fosse il loro condominio.

Ethan lasciò quest'ultimo e l'addetto alle pulizie ai loro deliri e alle loro discussioni ed entrò in ascensore per raggiungere il suo appartamento.

«Mamma, sono a casa» disse come di consueto e come di consueto non ottenne risposta, sua madre aveva bisogno di qualche minuto di contemplazione del suo viso prima di riconoscerlo, l'Alzheimer non le permetteva diversamente. Si affacciò nella camera della madre e la trovò con il solito sguardo vacuo, seduta alla poltrona a sfogliare un libro che non leggeva mai realmente. Le sorrise e dopo un minuto circa, sua madre ricambiò.

«Questo libro è bellissimo, almeno così mi ha detto qualcuno, lo leggerò e vedrò se sono d'accordo.»

Ethan le sorrise debolmente, quel libro era *Cime tempestose* e in cinquant'anni sua madre lo aveva letto ventidue volte, tutte prima di ammalarsi. I segnali c'erano stati dopo qualche anno dalla scomparsa improvvisa e misteriosa di suo fratello minore, evaporato dalla sua stanza durante una notte. I suoi genitori inizialmente si erano uniti nella spasmodica ricerca, poi il nervosismo li aveva portati ad accusarsi, insultarsi a vicenda, fino a quando tutto il marcio aveva preso il sopravvento e avevano deciso di separarsi. Tre anni fa sua madre aveva iniziato a dimenticare le cose, a comportarsi in modo strano e allora erano andati da uno specialista e la sentenza era stata ardua da sopportare: Alzheimer. Le cure esistevano, ma erano blande, nel giro di qualche anno sua madre avrebbe dimenticato come ci si vestiva, come ci si lavava, come si mangiava e camminava e avrebbe dimenticato il suo nome e quello di chiunque e qualunque cosa avesse amato nella vita.

Ripose la spesa, la mente già via... al libro lasciato aperto sul tavolo della cucina accanto al quaderno con gli appunti, a quel terribile esame universitario che gli stava dando il tormento, al cellulare che non aveva nessuna notifica di qualche messaggio, all'appartamento di fianco al suo dal quale nessuno aveva mandato un messaggio, a quelle mani sottili che non avevano scritto nulla per richiamare la sua attenzione, a quella pelle candida...

Come era iniziata proprio non lo sapeva, lei

stava entrando nel palazzo e lui uscendo, o forse il contrario, lui aveva sorriso cortese e lei aveva ricambiato e... boom. Era rimasto imbambolato a lungo, non solo quella volta, poi lui si era ritrovato la posta di lei nella sua buca delle lettere e allora aveva pensato che avrebbe potuto perdersi e poteva essere qualcosa di importante, e allora aveva pensato di consegnarla a mano personalmente. Lei lo aveva ringraziato, invitato ad entrare, offerto un caffè, poi con quelle dita affusolate e candide gli aveva scostato una ciocca di capelli dalla fronte, sorridendo del fatto che fossero sempre arruffati e... un minuto dopo erano avvinghiati, la lingua nella bocca dell'altra e ancora dopo erano a rotolarsi nelle lenzuola, uno dentro l'altro ed Ethan non aveva mai provato qualcosa di simile. Non le aveva mai chiesto quanti anni avesse, e neanche lei, era quasi sicuro che fosse un bel po' più grande di lui, ma non gli importava nulla e forse neanche a lei. Come non gli interessava chiedersi a cosa avrebbe portato tutto ciò; lui stava bene, si sentiva bene quando era con lei, in lei, e questo bastava, tutto il resto era qualcosa che si perdeva in un futuro immerso nella nebbia dell'incertezza e dell'incognita.

Stava studiando ormai da qualche ora, quante non lo sapeva, aveva perso il conto e presto avrebbe perso anche il senno, quando qualcuno bussò alla porta. Quando aprì non c'era nessuno, gli parve strano, non c'erano molti ragazzini nel palazzo e nessuno incline a fare sciocchi dispetti. Stava per richiudere, quando un rumore al piano superiore attirò la sua attenzione. Non era il tipo che si faceva trasportare dalla collera, ma se qualcuno avesse avuto intenzione di iniziare a fare stupidi scherzi, vi avrebbe posto subito fine; sua madre era malata e non avrebbe permesso che iniziassero a bussare alla porta a qualsiasi ora del giorno e della notte. Salì qualche gradino in fretta, prima di fermarsi di colpo: qualcosa o qualcuno sembrava trascinarsi per le scale al piano di sotto. Si affacciò dalla ringhiera, effettivamente qualcuno si muoveva lento salendo i gradini, Ethan ne vedeva l'ombra. Un altro movimento lo attirò ancora una volta verso l'alto, così riprese a salire. Salì due piani, fin quando scorse un'ombra nascosta dietro la parete dell'ascensore, poi quell'ombra si palesò in tutto il suo splendore.

Diandra gli sorrise, come solo lei sapeva fare e lui non si fece attendere molto, la agguantò dagli esili fianchi, mentre lei gli stringeva le braccia al collo e le loro labbra si incrociavano.

Il sapore e l'odore della sua pelle erano una droga per Ethan, le passò vorace la lingua sul collo e lei sospirò gettando la testa indietro e lasciandosi andare ad un gemito un po' troppo rumoroso, quando lui si soffermò con le mani su suo fondoschiena.

Altri rumori li distrassero. Le intimò di fare silenzio e lei rise. Non potevano abbandonarsi così ai loro piaceri, erano due adulti liberi, ma essere beccati avvinghiati nel bel mezzo del loro condominio, sarebbe stato imbarazzante.

Iniziarono a scendere, ma per poco non gli venne un colpo, quando videro Padovani in pantofole e vestaglia, immobile contro il muro accanto alla sua porta, con il viso bianco come quello del muro alle sue spalle.

«Va tutto bene?» Gli chiese Ethan.

Lui non sembrò averlo ascoltato, poi senza guardarlo cercò di articolare delle parole che però non sembravano uscire dalle sue labbra.

«Io... io... ho sentito graffiare fuori la porta, quando ho aperto non c'era nessuno ma... qualcuno... qualcosa strisciava per le scale» aveva gli occhi sgranati e continuava a guardare un punto nel vuoto.

«Di sicuro non era nulla» disse Diandra, sicuramente pensando che i rumori avvertiti li avessero provocato loro due.

«È sempre aperto, continuo a chiudere la porta a chiave, ma la ritrovo sempre aperta» iniziò quasi a delirare Padovani, sicuramente riferendosi al seminterrato.

«Qualcuno sta solo facendo qualche stupido scherzo, avranno fatto la copia delle chiavi e ora si divertono così» cercò di rassicurarlo Ethan.

«Sono più di vent'anni che vivo qui, ma quando ero bambino, ci viveva una mia compagna di scuola, che scomparve misteriosamente dal loro appartamento, insieme ad altri due bambini. E dieci anni fa... tuo fratello...»

«Siamo solo un condominio sfortunato» lo interruppe Ethan. «Sono certo che non c'è nulla nel seminterrato che rapisce i bambini. Quando scomparve Thomas, non scomparvero altri bambini.»

«Lui era l'unico, era l'unico bambino... e adesso, il figlio dei De Leo...» sembrava in preda ad una sorta di delirio, forse aveva un esaurimento.

«Il pozzo... è senza fine...»

Poi sembrò improvvisamente destarsi come da una trance e finalmente lo guardò: «Devo chiamare il fabbro, domani chiamerò il fabbro e farò sistemare quella porta!»

Ethan accennò un sorriso: «Sono certo che saprà aggiustare quella serratura e nessuno farà più scherzi.»

«Buona serata!» disse Padovani, prima di chiudersi la porta alle spalle.

Diandra sospirò, dispiaciuta e preoccupata per quell'uomo che normalmente era simpatico e solare, forse un po'pignolo ma sicuramente non era solito cadere in uno stato quasi catartico come quello in cui sembrava essere.

«Vieni da me?» Chiese lei ed Ethan fece un cenno affermativo con la testa, prima di corrucciare le sopracciglia. La porta di casa di Padovani era graffiata in più punti, non lo aveva mai notato prima, eppure la pittura era completamente sparita, nei punti in cui dei graffi profondi avevano scavato nel legno.

3

Si svegliò di soprassalto in piena notte. Qualcuno stava urlando e il primo pensiero fu a sua madre, ma quando giunse di corsa nella sua stanza, anche lei era stata svegliata da quelle grida e aveva lo sguardo confuso. Sentì ancora urlare e quella volta fu certo che provenissero da fuori il suo appartamento. Quando aprì la porta lo accolse un gran trambusto. Ci volle un po' per capire cosa stesse accadendo e, una volta compreso, non voleva crederci: la figlia di cinque anni dei signori Ferrigno era sparita, volatilizzata nel nulla, mentre dormiva nella sua stanza; la porta era chiusa a chiave e non c'erano segni di effrazione. Semplicemente la bambina era sparita, come Thomas dieci anni prima e il figlio dei De Leo. Padovani era pallido e sconvolto come e più di qualche ora prima, quando Ethan e Diandra lo avevano incontrato, così come erano sconcertati tutti i condomini accorsi al sentire delle urla. La madre della piccola piangeva e urlava in portoghese, la sua lingua d'origine, sorretta dal marito, altrettanto pallido.

Ethan non riusciva ad emettere un suono, ma nella sua mente stava iniziando ad insinuarsi la folle e assurda idea che Padovani potesse, in qualche modo, avere ragione.

Poteva realmente esserci qualcuno... o forse addirittura qualcosa, nascosto nel sottoscala?

L'idea sembrava a dir poco assurda e ancora più assurdo era il fatto che lui riteneva, anche solo remotamente, che potesse essere plausibile. Chi o cosa poteva esserci nel loro sottoscala? Qualcuno che rapiva bambini, e per portarli dove? E perché tornava sempre nello stesso posto a rapirne altri? Era rischioso. E quell'ipotetico qualcuno era lo stesso che aveva fatto sparire nel nulla altri bambini negli anni precedenti? Come suo fratello? Assurdo... eppure...

Ipotesi numero due: quel qualcuno non era un *qualcuno*, ma un *qualcosa*, che aveva rapito, nel corso degli anni, forse ogni dieci, dei bambini, per farci chissà cosa e poi si era assopito, e ora, risvegliato, stava riprendendo il suo lavoro da dove lo aveva interrotto. Assurdo... eppure...

Ethan avvertì una mano stringergli il braccio e riportarlo alla realtà. Diandra lo stava osservando, anche lei sembrava turbata e sicuramente stava facendo dei pensieri simili ai suoi, forse non riguardo ad un'ipotetica presenza nel sottoscala nel loro palazzo che rapiva bambini, ma sicuramente le idee strampalate di Padovani, non sembravano più tanto strampalate neanche a lei.

4

Diandra aveva appena premuto il tasto sullo smartphone per inviare il messaggio, quando avvertì uno strano rumore sul ballatoio delle scale. Non poteva essere Ethan, gli aveva appena scritto.

Un brivido le percorse la schiena e le inviò un segnale d'allarme al cervello, un segnale che non poteva e non voleva ignorare: forse stavano rapendo un altro bambino. L'idea era assurda, chi sarebbe tornato nuovamente nel posto in cui aveva rapito due bambini per rapirne un terzo? E inoltre la Polizia sorvegliava spesso il posto. Eppure, non si sentiva tranquilla, quella spiacevole sensazione le attanagliava lo stomaco. Se stavano veramente rapendo un altro bambino?

Non poteva certo permetterlo. L'ipotesi che non potesse essere umano il rapitore di bambini le piombò nella testa come un allarme che risuonava fino a stordirla. Poi avvertì qualcosa che pareva rotolare pesantemente per le scale e grida attutite.

Non ne riconosceva la voce, ma era sicuramente quella di un bambino. Non poteva più aspettare, così aprì la porta e senza pensarci oltre, si fiondò giù per le scale.

Chiunque (o qualunque) cosa fosse, aveva aperto la porta del sottoscala e si stava trascinando all'interno, trasportandosi, non poco faticosamente, il bambino o la bambina.

Per un momento Diandra fu travolta dall'eccitazione: Padovani aveva ragione, era nel sottoscala che si nascondeva il rapitore; fin quanto avesse ragione la donna non poteva immaginarlo, ma lo avrebbe scoperto pochi secondi dopo.

Non aveva armi con sé, ma non poteva perdere tempo procurandosene una o chiedendo aiuto.

Entrò di getto nel sottoscala. Vi era entrata una sola volta, quando si era trasferita, e vi aveva trovato solo muffa; le avevano detto che poteva metterci ciò che voleva, come tutti gli altri condomini, ma che nessuno lo utilizzava mai. Erano stati piuttosto vaghi sul perché quello spazio non venisse mai utilizzato, solo un breve accenno a qualche strana superstizione riguardo un altrettanto strano pozzo. Il pozzo che si ritrovò in quel momento davanti ai suoi occhi.

Oltre la prima stanza, in un angolo quasi nascosto, vi era un'altra porticina, di legno, l'aveva appena notata quella volta che era entrata, appena accennata dai suoi accompagnatori e totalmente disinteressata da parte sua. Ma quella notte, quella porta era aperta e dentro si scorgeva una piccolissima stanza con le pareti totalmente invase dalla muffa e, posizionato al centro come unica attrazione, il pozzo che in molti avevano immaginato almeno una volta per diletto e che quasi nessuno aveva mai visto.

Sembrava un comunissimo pozzo, abbandonato e in pessimo stato, incrostato di verde e nero e diffusore di un puzzo di chiuso e stantio, misto a carcasse di animali morti.

Diandra si sarebbe tappata il naso per il disgusto, se non fosse stata immobilizzata da un'altra visione. Sul bordo del pozzo, accovacciata, sostava una creatura terrificante. Le gambe magre e lunghe erano piegate, permettendole di restare rannicchiata; la pelle era rossastra, come se avesse tendini, muscoli e vene, tutte in evidenza, senza la protezione di uno strato di pelle; la testa liscia, senza capelli, dalla quale lateralmente pendevano due orecchie a punta, che ricadevano flosce fino alle guance. Gli occhi troppo grossi per quella testa, erano pozzi scuri senza sclera, e la bocca, larga fino alle tempie, abbastanza ampia da farci entrare decine e decine di denti aguzzi e sovrapposti l'un l'altro. Con le braccia lunghe, sorreggeva il corpo di un bambino, il figlio di nove anni dei signori simpatici al secondo piano, forse si chiamava Giacomo, ma in quel momento Diandra aveva il dubbio di potersi ricordare anche il suo di nome. L'essere lo teneva stretto, nella ferrea morsa delle sue mani dalle lunghe dita, che terminavano con unghie oblunghe e appuntite, che sembravano fatte di ferro arrugginito.

«Aiutami! Aiutami!» Singhiozzò il bambino.

La donna stava per gridare a quel *coso* di lasciarlo andare, ma questi, emise un grido acuto, tale da lacerare i timpani, prima di gettarsi di schiena nel pozzo, portando con sé Giacomo.

Diandra si gettò in avanti per cercare di afferrarlo, ma non ci riuscì. Lo sentì urlare nell'oscurità del pozzo; a quanto pareva, quella bestia immonda si era lasciata andare nelle profondità da dove era arrivata, mentre il piccolo Giacomo si era aggrappato ad un bordo frastagliato del pozzo e cercava di reggere il suo peso senza cadere nel vuoto. Le manine che si procuravano tagli per la pietra ruvida e le gambe quasi totalmente immerse nell'acqua. Forse quello strano essere era nascosto sul fondo di quell'acqua decisamente non limpida, ma Diandra non aveva sicuramente il tempo di chiederselo una volta in più. Corse indietro velocemente e gridò più volte per chiedere aiuto, sperando che qualcuno nel palazzo la sentisse nel silenzio della notte. Poi tornò indietro e si diede velocemente uno sguardo intorno per trovare qualcosa che potesse aiutarli. Tra vari bidoni di pittura abbandonati lì da chissà quanto tempo, scope e pale per spalare una neve che non cadeva mai, scovò una corda piuttosto spessa che poteva fare al suo caso. L'afferrò e dopo averne velocemente constatato il buono stato, agguantò uno dei margini e lo legò alla maniglia della porta della stanza del pozzo, in un nodo senza senso ma che avrebbe faticato a sciogliersi. Tornò dal bambino e gli lanciò il restante della corda, ma Giacomo la fece cadere nell'acqua senza curarsene, troppo spaventato di cadere, per riuscire a mollare la presa anche solo di una mano

«Non so nuotare!» Disse tremante e terrorizzato, cercando di scusarsi.

«Ho paura!» Sottolineò.

«Tranquillo, ci penso io!» Cercò di rassicurarlo Diandra. L'unica cosa che poteva fare era calarsi nel pozzo per recuperarlo.

Si avvolse quindi una parte della corda intorno all'avanbraccio, abbastanza stretta da darle sicurezza, ma non tanto da impedirle di lasciarsi scivolare.

Scavalcò il bordo del pozzo ed ebbe un momento di incertezza quando avvertì il peso del suo corpo che abbandonava la stabilità del pavimento a favore del vuoto. Almeno ci sarebbe stata l'acqua ad attutirle la caduta, che per quanto putrida potesse essere, almeno lei sapeva nuotare.

Si lasciò scivolare lentamente, per evitare che un'improvvisa caduta l'avrebbe fatta piombare sul bambino, e avvertì i palmi delle mani scorticarsi a causa della corda ruvida.

Giacomo non era lontano e in poco tempo riuscì a raggiungerlo.

«Aggrappati a me!»

All'iniziò non sembrò collaborativo, probabilmente la paura di cadere nell'acqua era troppa, ma lentamente, una delle sue mani paffute si scostò dalla ruvida pietra e agguantò il maglioncino di Diandra, che non perse tempo e con un braccio lo cinse e se lo agganciò addosso come un cucciolo di koala.

Ora arrivava la parte difficile, perché avrebbe dovuto sforzarsi per issare in superfice sia il suo peso che quello del bambino.

Fece leva con i piedi e qualche decina di centimetro

BUONANOTTE E SOGNI D'ORO

alla volta, provò ad avanzare.

Forse aveva fatto appena un metro, quando fu colta per qualche secondo dalle vertigini; doveva essere uno scherzo dettato dalla paura, che si fece più consistente quando un'improvvisa e inspiegabile nebbia si insinuò nel pozzo. Da dove venisse, Diandra non ne aveva la più pallida idea, ma nulla era ormai sensato e soprattutto aveva problemi maggiori che spiegarsi la provenienza di quella nebbia, visto che ne era terrorizzata, da quando da bambina si era persa in quel bosco durante una gita invernale, ci avevano impiegato più di un'ora a trovarla e da allora la detestava.

Respirò profondamente, cercando di non pensarci, la situazione era già penosa di suo, senza che si lasciasse governare totalmente dal terrore. Inoltre, aveva la responsabilità del bambino.

Cercò di avanzare più velocemente, ma il peso del corpo aggrappato al suo non poteva ignorarlo di certo. Le mani le bruciavano per le lacerazioni dovute alla corda e aveva come l'impressione che la fine del pozzo non arrivasse mai.

Ebbe un sussulto e per poco non perse la presa, quando vide una figura affacciarsi. Fu quando udì il suo nome che capì che era Ethan. Sembrava lontanissimo e lei e Giacomo in un pozzo ancora più profondo di quello in cui era scesa, inoltre la nebbia sembrava infittirsi maggiormente, eppure a Ethan bastò allungare le braccia verso il basso per afferrare entrambi e issarli su.

Quando furono al sicuro, Diandra notò che né lei né il bambino avevano gli indumenti bagnati, eppure le era parso di avvertire l'acqua gelida intorno alle caviglie e soprattutto aveva visto con i suoi stessi occhi Giacomo totalmente immerso in quelle acque fino alla cintola. Ma era completamente asciutto e anche lui sembrò confuso.

Ethan dopo essersi assicurato che stessero bene entrambi, si affacciò preoccupato nel pozzo, la fronte corrucciata: «Mi era parso di udire dal fondo la voce di mia madre che chiedeva aiuto e invocava il mio nome».

Diandra lo raggiunse e si sporse per osservare. La nebbia era totalmente dissipata, ma cosa ancora più strana, non c'era neanche una goccia d'acqua, almeno per quanto permettesse la vista, perché il buio e la profondità che sembrava infinita, non permettevano una grande visuale.

5

Ethan se ne stava disteso sul letto, lo sguardo rivolto verso il soffitto e il nulla, intorno a lui il buio fitto e la testa a galoppare verso distese di pensieri in cui non era salutare inoltrarsi.

Suo fratello era sparito nel nulla dieci anni prima e nel loro condominio c'era un pozzo nel sottoscala con un essere che rapiva bambini. Non aveva nessuna intenzione di immaginare cosa fosse esattamente successo a suo fratello, ma di una cosa ormai era certo: qualunque cosa fosse il mostro in quel pozzo, era lui che rapiva i bambini e che aveva rapito anche Thomas.

Pensare di immergersi e trovarlo vivo, magari ancora bambino, era assurdo anche per una persona come lui che aveva sperato per anni di ritrovarlo, ma la tentazione di sapere cosa ci fosse lì sotto si faceva sempre più grande, come una morsa ferrea si aggrappava alla sua mente e non lo faceva riposare.

Si sentì osservato, non aveva sentito i passi di sua

madre avanzare nel corridoio, ma i suoi sensi erano intorpiditi dai dubbi e i pensieri.

Sollevò la testa dal cuscino e vide qualcuno che effettivamente lo osservava.

«Mamma?» Chiese, ma senza ottenere risposta.

Cercò di mettere a fuoco la forma nell'oscurità, mentre a tastoni cercava l'interruttore del lume sul comodino.

Stava per richiamare sua madre, quando la figura avanzò verso il letto. Senza fermarsi, si inerpicò sulle coperte ed Ethan capì che non poteva essere sua madre. Nel buio non distingueva ancora la figura, ma poteva avvertirne gli artigli sulle gambe, poi sul petto. Nell'oscurità, si delineava la testa perfettamente circolare e man mano che avanzava sul suo corpo, le orecchie gli penzolavano dai lati della testa. Si scontrò con un alito putrescente, un misto tra fogna e pesce rancido. Poi due occhi grandi e luminescenti si fissarono nei suoi. E urlò.

Le sue urla si unirono a quelle della creatura in un tutt'uno indistinguibile, che bastò a ridestarlo. Si ritrovò nella sua stanza, da solo, tra le coperte, ad affannare. La stanza era lievemente illuminata dal lume che non ricordava se avesse appena accesso svegliandosi di soprassalto da quel terribile incubo o l'aveva dimenticata accesa, prima di crollare nel sonno tra i pensieri tormentati.

Si passò una mano sul viso, per cercare di svegliarsi del tutto e convincersi che era stato solo un incubo.

Quella creatura che aveva descritto Diandra, non era nella sua stanza, era nel pozzo, nascosta, probabilmente in attesa di colpire nuovamente. Ma lui non lo avrebbe permesso, non più. Quella storia doveva finire, quel pozzo doveva essere chiuso, forse così quel mostro non sarebbe più stato in grado di uscire e rapire altri bambini. Ma prima di chiuderlo per sempre, Ethan voleva sapere, doveva sapere.

6

La luce della lampadina appesa al soffitto della stanza principale del sottoscala riusciva ad illuminare, anche se parzialmente, la piccola stanza dove si ergeva il pozzo. Ethan lo osservò con un misto di odio ed inquietudine. Non aveva idea di cosa ci fosse sul fondo, ma sicuramente non era nulla di buono. Aveva riflettuto molto su ciò che era successo con Diandra e il piccolo Giacomo ed era giunto alla conclusione che quel pozzo evocasse in qualche modo materialmente le paure più profonde. Giacomo aveva paura dell'acqua e il pozzo si era riempito cercando di annegarlo, Diandra era terrorizzata dalla nebbia e questa si era come materializzata intorno a lei e in quanto a lui, Ethan era perennemente spaventato dal momento in cui la malattia di sua madre sarebbe peggiorata, fino a non permetterle di riconoscere neanche le pareti di casa sua, mentre invocava l'aiuto del figlio, fino a quando si fosse ricordata di averne uno. E il pozzo lo sapeva, in qualche modo e per qualche assurdo motivo, quel pozzo sembrava conoscere bene il loro animo e le loro paure.

Erano quasi le cinque del mattino, quando era sceso nel sottoscala; aveva inviato un messaggio a Diandra, due sole parole, quelle che non era mai riuscito a dirle.

Controllò il nodo che era stato fatto dalla donna qualche ora prima, teneva ancora. Poi legò l'altro capo alla sua vita e, scavalcato il bordo del pozzo, iniziò la sua discesa.

Il fondo era buio e non permetteva di vedere quanto profondo fosse il pozzo, forse arrivava fino al centro della Terra. Ethan si era posto il problema della profondità, la corda sicuramente non sarebbe arrivata fino alla fine. E infatti, questa arrivò al suo massimo e poi lo costrinse a restare penzoloni, il fondo probabilmente lontano, probabilmente inesistente, appartenente a qualche dimensione estranea alla mente umana.

La testa gli vorticò per qualche secondo e le orecchie gli si otturarono, come quando vai in montagna, ma durò solo qualche secondo, poi tornò a sentire normalmente e a udire anche la voce di sua madre che, come la volta precedente, chiamava il suo nome, chiedeva il suo aiuto.

Ethan cercò di non farci caso ed estrasse dalla tasca dei pantaloni della tuta, un temperino che si era portato per tagliare eventualmente la corda. Restò ad osservarne la punta lucida e appuntita e lo spessore della corda color sabbia. Non sapeva cosa sarebbe potuto accadere una volta tagliata. Avrebbe potuto incontrare l'acqua fetida e melmosa, cadere dritto tra le braccia del mostro o sfracellarsi al suolo dopo metri e metri di caduta libera.

La voce di sua madre scemò, sostituita da una che non udiva da molto tempo.

«Ethan, Ethan.»

Aveva un tono lamentoso, ma era indiscutibilmente la voce di suo fratello. Era consapevole che non avrebbe mai potuto essere Thomas, erano trascorsi dieci anni e anche se fosse rimasto prigioniero di qualcuno o qualcosa, sarebbe cresciuto e il tono e la vocalità sarebbero cambiati, sarebbero appartenuti ad un ragazzo di sedici anni.

Strinse il manico del temperino e senza pensarci ulteriormente, iniziò a segare la corda. Pochi secondi e questa cedette, catapultandolo istantaneamente nel vuoto.

Troppo vuoto... pareva non dovesse arrivare mai. Ethan precipitò in un baratro infinito e non riuscì a trattenersi dall'urlare, mentre la caduta gli faceva acquistare sempre più velocità, ad ogni secondo aspettava di sentire la schiena e la testa maciullarsi al suolo, ma lo schianto sembrava non arrivare mai, fino a quando sentì il corpo rallentare e poi fermarsi di colpo, sospeso nel nulla. Si accorse solo allora di avere gli occhi chiusi e li riaprì lentamente. Si sentì ricadere, ma subito la caduta fu attutita dal suolo vicinissimo al suo sedere, la botta non fu fortissima ma l'osso sacro ne risentì comunque. Si guardò finalmente intorno, era in una sorta di foresta, circondato da una folta vegetazione e alti alberi, in terra però non vi era erba o terreno ma una pulitissima moquette rossa, il cielo era senza stelle e l'aria era rarefatta, come se fosse un ambiente chiuso.

Si sollevò da terra lentamente. Impossibile che tutto ciò fosse alla fine di un pozzo, nel sottoscala del suo palazzo.

Quel posto non poteva assolutamente essere reale. Forse si era sfracellato al suolo senza rendersene conto e quello era uno strano scherzo della sua mente prima di spegnersi definitivamente.

Ethan chiuse e riaprì gli occhi più volte, cercando di mettere a fuoco bene ciò che lo circondava, ma l'ambiente intorno a lui restava lo stesso. Mosse qualche passo, poi si bloccò quando avvertì alle sue spalle qualcosa muoversi fra gli alti cespugli; pareva un uomo: questi sembrò non notare la sua presenza ed Ethan stava per richiamare la sua attenzione, quando l'uomo, o qualunque cosa fosse, uscì dalla vegetazione: era nudo, ma il sesso non era visibile, anzi, ne era completamente privo, la pelle di un rosa pallido e la testa senza un capello sembrava appuntita. La forma di vita si curvò sulla schiena formando un ponte, le mani toccarono a terra e la bocca si spalancò facendo uscire uno stridulo che spaventò gli uccelli che posavano sui rami degli alberi e che scapparono via in un fruscio agitato di ali. Nella fioca luce gli occhi sembravano rossi, ma non ebbe il tempo di constatarlo con certezza, perché altre creature simili sbucarono tra le piante, nella stessa posizione della prima ed emettendo lo stesso urlo gracchiante, iniziarono ad avanzare verso di lui a gran velocità.

Corse anche Ethan, dalla parte opposta e senza guardarsi indietro, correva, correva soltanto, continuando a ripetere: «Non è reale, non è reale.»

Sentiva le creature sempre più vicine, l'avrebbero raggiunto. Decise di deviare dal tappeto rosso che sembrava la strada principale e inoltrarsi nel cespuglio di rose selvatiche alla sua destra. Appena vi si inoltrò, le creature alle sue spalle si fermarono di colpo, i loro versi divennero ancora più striduli ed arretrarono fino a sparire. C'era riuscito, li aveva allontanati.

Qualcosa gli strinse la caviglia, qualcosa che faceva male, non solo perché stringeva ma anche perché sembrava fatto di spine. Infatti, una delle rose si stava facendo strada sulla sua gamba. Lo stesso dolore lo avvertì al polso: un'altra rosa lo aveva afferrato e stringeva. Cercò di divincolarsi dalla presa, ma la pelle iniziò a lacerarsi, più si muoveva, più le spine affondavano nella carne; il sangue iniziò a colargli lungo la mano, con quella libera cercò di svincolarsi dalle spine, ma riuscì solo a procurarsi dei tagli profondi sulle dita. Le rose esercitarono maggiore pressione sulla caviglia ed Ethan finì in terra sopraffatto dal dolore, nell'impatto con il suolo, anche il ramo intorno al polso si strinse di più e vide le spine strappargli piccoli brandelli di carne. Iniziò ad urlare, ma le grida gli si bloccarono in gola, quando la terra iniziò a tremare, a intermittenza, ed ogni scossa era accompagnata da un boato sempre più vicino. I rami degli alberi, animati da vita propria, si scostarono e accartocciarono gli uni con gli altri, come in preda al panico, facendo spazio ad un mastodontico mostro: un gigantesco omino di pasta frolla, con un braccio sbriciolato, senza un occhio e con dei denti appuntiti che spuntavano dalle labbra rosse e tristi. Ethan abbassò il viso fino a sfiorare il terreno: «Non è reale, non è reale» iniziò nuovamente a cantilenare. Nulla intorno a lui sembrò cambiare, né tantomeno gli parve meno realistico, incluso l'atroce dolore che sentiva agli arti ancora imprigionati.

Il dolore scemò all'improvviso e anche la forza che i rami esercitavano sul suo corpo. Si ritrassero improvvisamente ed Ethan annaspò finalmente libero, anche se i polsi e le caviglie bruciavano ancora terribilmente. Fu quando sollevò la testa che si rese conto di cosa aveva fatto battere in ritirata i fiori con tutte le spine: dinanzi a lui, ad osservarlo con due giganteschi occhi profondi e inquietanti c'era la creatura che doveva aver incontrato Diandra. Se ne stava accovacciata, con le gambe lunghe piegate, le braccia lungo il corpo con le grandi mani con artigli ricurvi poggiate sul terreno e la testa adagiata sulle ginocchia. Aveva la pelle rossastra, ma osservandolo meglio, Ethan si rese conto che non aveva affatto la pelle, quelle che vedeva erano le vene, i capillari, i tendini e i muscoli del corpo, senza protezione alcuna, esposti come in una mostra di corpi umani realizzati con qualche tecnica di arte contemporanea. Il giovane si sollevò, non avrebbe aspettato di essere aggredito, e si ritrasse lentamente, camminando all'indietro senza smettere di guardare quello strano e orripilante essere, che se ne restava immobile a fissarlo, non accennando a muoversi, forse aspettando di vedere cosa Ethan avesse fatto, dove sarebbe andato, dove avrebbe creduto scioccamente di fuggire; era un estraneo in un mondo che non gli apparteneva e che non conosceva.

Ethan sentiva il sangue scorrergli dai polsi lungo i palmi e il dorso delle mani, le osservò, tremavano e tutto il corpo fu colto da un forte tremito, quando un grosso orologio suonò. Il suono era fortissimo e lui sollevò la testa notando solo allora una torre alta decine di metri, con il tetto spiovente e al centro un gigantesco orologio con al posto dei numeri degli strani simboli; c'era una sola lancetta che oscillava come quella di un metronomo. Gli uccelli presero il volo, gracchiando e uscendo tra i rami degli alberi nei quali sostavano. Solo allora Ethan si rese conto che avevano due teste e grosse ali spennacchiate. Si diressero tutti verso la stessa meta: una gigantesca giostra, come quella per bambini, con i cavalli che giravano in tondo, solo che in quella, non c'erano i cavalli, ma solo grossi tubi che entravano più a fondo nella giostra man mano che questa girava. Al centro sulla parte superiore, c'era un grosso imbuto metallico, quando Ethan lo vide, notò anche dei binari che trasportavano qualcosa. Gli uccelli giravano intorno senza sosta a quel meccanismo e lui cercò di capire cosa trasportasse, per poi pentirsene amaramente quando le sagome di quelli che sembravano corpi di bambini addormentati, si palesarono distintamente dinanzi ai suoi occhi. Un grido gli si mozzò in gola, quando il corpo del primo bambino fu rilasciato dal meccanismo e fatto cadere nell'imbuto. Un grosso frastuono e poi i tubi della giostra si riempirono di quello che, Ethan ne era certo, era sangue. La giostra prese a girare più velocemente e il sottosuolo parve come rantolare. O forse, a respirare. Quel posto, sembrava alimentarsi con i bambini.

Ethan prese ad urlare all'impazzata, pensando al corpo di suo fratello che finiva in quell'imbuto letale anni prima.

Prese a correre, senza curarsi più degli abitanti mostruosi di quel posto. Inizialmente non sapeva dove andare, poi si rese conto che aveva raggiunto il punto dal quale era precipitato in quel posto terribile. Guardò verso l'alto e non si chiese il perché potesse vedere la punta della corda che aveva tagliato lui stesso per finire in quell'incubo. Saltò verso l'alto per afferrarla, una, due, tre volte, fallendo sempre. Alle sue spalle, altri viscidi mostri senza pelle avevano raggiunto il primo e lo stavano circondando e sembravano sul punto di aggredirlo, mentre muovevano i lunghi artigli nel terreno, lacerando il tappeto rosso, come dei tori che stanno per caricare. Ethan si slanciò nuovamente verso l'alto e si sentì sollevare da una strana forza, la stessa che aveva rallentato la sua caduta. Quello bastò per sollevarlo di qualche metro e, nuotando nel vuoto, fargli afferrare la corda sospesa in quello che era probabilmente il confine dei due mondi. Con tutta la forza che aveva, si issò fin quando vide le pareti del pozzo. Si sforzò ancora, fino a raggiungere il bordo, poi si accasciò su di esso e si sciolse in un pianto convulso.

7

Quando Ethan era ritornato, aveva trovato Diandra che vagava preoccupata per le scale insieme a sua madre e a Padovani. Gli era corsa incontro appena lo aveva visto e lo aveva abbracciato e baciato davanti a tutti, e di questo lui ne sarebbe stato più che felice, se non fosse stato per il tremore che ancora lo scuoteva e il sangue che gli gocciolava dagli arti.

Lo portarono in casa per medicarlo, mentre lui blaterava cose apparentemente senza senso. Parlava di un posto terrificante che si raggiungeva scendendo nel pozzo; dovevano essercene altri in giro per il mondo, attraverso i quali, i mostri uscivano a rapire bambini che servivano in qualche modo ad alimentare quel posto.

«Si nutrono di loro, si nutrono dei bambini, quel posto si nutre dei bambini che rapiscono» continuava a ripetere, poi il suo sguardo si posò su sua madre, ferma, immobile, accostata al muro, che ascoltava senza proferire parola e lui si pentì del suo delirio, forse sua madre, anche se confusa dall'Alzheimer, stava collegando i rapimenti con quello di suo figlio perduto.

«Si nutre degli incubi e delle paure... e i bambini sono i più sensibili a tutto ciò» iniziò a dire, con voce lenta e pacata.

«Anche i malati. A volte lo vedo, quel posto, nei miei incubi... da qualche tempo lo vedo. Lo vedevo anche da bambina, ma non me lo ricordavo più. Quando la tua mente non è presa dalla realtà... lo vedi, quando dormi. Per questo possono vederlo solo i bambini... e le persone... con la mente svuotata da ogni altra cosa.»

Restarono tutti in silenzio. Ethan non sentiva un discorso così lungo di sua madre da moltissimo tempo e in un'altra circostanza avrebbe pensato che fosse vittima di un delirio della sua malattia, ma lui era appena stato in quel posto e aveva visto i bambini addormentati finire in un gigantesco imbuto, che li maciullava per nutrire la città. La città degli orrori. La città dei mostri. Di quelli che escono dagli armadi, da sotto al letto, dai pozzi e dai nostri incubi.

«Dobbiamo sigillarlo! Non possiamo permettere che escano ancora!».

Il giorno dopo chiamarono un muratore e un fabbro, il primo sigillò con calce e pietra il pozzo, poi murò la porta, dopo che il fabbro saldò la serratura.

Diandra intrecciò le dita della sua mano a quelle di Ethan. Entrambi guardavano l'operato in silenzio. Forse quello che stavano facendo era tutto inutile, forse sarebbero vissuti nell'illusione di una tranquillità per dieci anni, poi quei mostri avrebbero trovato il modo di uscire. Probabilmente lo avevano sempre trovato, avevano sempre trovato il modo di raggiungere la nostra dimensione, da quando l'uomo aveva memoria, da quando esisteva e da quando esistevano le sue paure e i suoi incubi.

DANIELA E.

ELYSIUM

"Il pazzo è un sognatore da sveglio"

Kant

1

Una luce fastidiosa le sta illuminando le palpebre chiuse. Sua madre deve essere entrata nella sua stanza e le ha aperto le tende con il chiaro intento di svegliarla; perché la sera prima ricorda distintamente di averle tirate, come fa tutte le sere.

L'intento malefico della sua genitrice le è ignoto. Deve andare a scuola? Questo non lo ricorda, ma il dubbio che invece sia domenica è insinuante, in caso contrario avrebbe messo la sveglia. E poi, ieri deve aver fatto tardi, molto tardi, perché ha sonno e le palpebre non ne vogliono sapere di sollevarsi e aprire gli occhi al mondo. Non ne ha nessuna voglia. Ad ogni modo, si sforza e alla fine riesce ad aprire gli occhi che questa mattina le sembrano pesantissimi, ma non riesce a mettere a fuoco nulla, le immagini sono confuse e una terribile nausea sta iniziando a pervaderla dallo stomaco fino alla bocca. Deve aver preso qualche influenza particolarmente gettonata al momento.

Qualcuno apre la porta, ora sua madre le inizierà ad urlare. Invece inizia a borbottare qualcosa, che non riesce a distinguere, forse non sta parlando con lei, forse sta parlando con suo padre.

Le si avvicina, ne avverte la presenza, e poi le spara una luce negli occhi. Ma che le prende questa mattina?! Ed ecco che anche le immagini sfocate, svaniscono, divenendo un'unica forma confusa. Sbatte le palpebre, cercando di vedere. Apre la bocca, vuole maledire tutti e imprecare contro sua madre, che continua a parlarle e lei continua a non comprenderla.

Sta ripetendo il suo nome?

Probabile, vuole svegliarla, vuole la sua attenzione.

Non sembra arrabbiata.

Il suo nome ripetuto più volte sembra una nenia non molto aggressiva.

Continua a chiamarla, ora riesce a distinguere il suo nome.

Veriana, Veriana.

Non somiglia alla voce di sua madre.

Non è la voce di sua madre.

Non è sua madre.

Le pupille mettono a fuoco la donna che ha dinanzi, chinata su di lei, distesa sul letto.

Non la conosce, ha i capelli scuri e gli occhi verdi (forse) un maglione rosso e una camicia bianca sopra. No, forse è un camice. Un camice bianco. Un camice da dottore.

Anche le pareti della sua stanza sembrano bianche, eppure fino alla sera prima erano rosa.

Forse perché quella non è la sua stanza.

E quello non è il suo letto.

Inizia a muovere le gambe che sente intorpidite,

forse più del cervello.

Le mani le sente più sciolte, ma non può muoverle, qualcosa lo impedisce. Abbassa lo sguardo e anche se la vista è ancora un po' offuscata, non ha dubbi nel costatare che due cinghie color carne la tengono ancorata a quel letto non suo con le sbarre di ferro, in una stanza non sua e sicuramente in una casa non sua, e neanche una casa.

«Veriana? Come ti senti?»

Male. Ecco come si sente. Non ha idea di dove si trovi o perché sia finita lì. Che poi, cos'è? Un ospedale? Di sicuro. Ma perché? Cosa le è successo? Ha avuto un qualche incidente? C'era anche la sua famiglia? Stanno bene?

Cerca di sollevarsi e di articolare parole che non riescono a venir fuori, non sa se per la bocca impastata o la confusione e il terrore che stanno sicuramente prendendo il sopravvento.

«Veriana, ti ricordi dove ti trovi?»

NO! NIENTE AFFATTO! Vuole urlare, ma nulla.

La donna (forse il medico, sicuramente un medico) la osserva e cerca di sorriderle appena: «Va tutto bene, sei in ospedale, io sono la dottoressa Del Vecchio, neuropsichiatra.»

«Mi deve dire che qualcuno è morto?» Veriana non ha idea di come abbia fatto a parlare e la sua voce le appare quasi sconosciuta come tutto ciò che la circonda.

Dopo qualche secondo di quella che sembra confusione, la dottoressa le sorride nuovamente: «No, non è morto nessuno. Ti trovi nel reparto di psichiatria. Non sei stata bene.»

Nel reparto cosa? E che significa che non è stata bene? Se sei morto ti portano in obitorio, se sei in fin di vita ti portano in rianimazione e se stai male all'apposito reparto che cura il tuo male. Se sei pazzo, ti portano al reparto di psichiatria, ma lei non era pazza, quindi cosa ci faceva lì?

La sera prima aveva indossato il suo pigiama di pile e si era messa sotto le coperte, nel "suo" letto, a leggere il nuovo manga che aveva preso quel giorno stesso in fumetteria. Doveva poi essersi addormentata, ma come aveva fatto a risvegliarsi in ospedale, nel reparto... insomma, al centro di igiene mentale, che, anche se aveva cambiato nome, era e restava un cazzo di manicomio.

«Sai che giorno è?»

«Il sedici dicembre!» risponde infastidita.

«È il ventotto dicembre» si oppone l'altra, scuotendo la testa.

Cosa? Ieri era il quindici di dicembre, quindi oggi era il sedici, non il ventotto, se così fosse stato, dove accidenti erano finiti tredici giorni della sua vita?

«Ti ricordi quanti anni hai?»

Ma che dottoressa era? Che domande faceva?

«Diciassette» dice, sperando che non obietti anche su quello, rivelandole che ha trent'anni ed è stata in coma per ventitré anni.

Non ha da obiettare.

Porta lo sguardo alle cinghie che le ancorano i polsi e lentamente le apre.

Veriana li muove per scioglierli. Ha due braccialetti con degli orsacchiotti colorati. Non sono i suoi.

La dottoressa le porge un bicchiere con del liquido rosato.

«Bevi questo, dopo starai meglio.»

«No!»

La donna non dice nulla, ma continua ad osservarla con il bicchiere sollevato tra loro due.

«Voglio vedere i miei genitori!»

«Non è possibile.»

«E se bevo questo, potrò vederli?»

«No.» Almeno è sincera.

Prende l'intruglio rosa e lo ingurgita in un sorso. Non assapora neanche il gusto. Forse fa schifo, ma non le lascia la bocca uno schifo, anzi, le pare subito meno impastata.

«Voglio uscire!»

«Più tardi.»

No, ora! Vuole obiettare, ma è stanca. Rimette la testa sul cuscino e cerca di tornare a dormire. Forse al suo risveglio, capirà che è stato solo un brutto incubo.

2

Riapre gli occhi e, per quanto lo desideri, non riesce a pensare neanche per un momento che quello di prima sia stato solo un incubo. Ha la mente più lucida e fresca, forse troppo, tanto da avvertire quella frescura invadere ogni fibra del suo corpo, ha quasi i brividi. La testa le sembra leggera e fresca non solo all'interno, ma anche all'esterno.

Ha un dubbio.

Si porta una mano alla testa e invece di affondare nella sua folta chioma scura, avverte... nulla, non c'è nulla. I suoi capelli sono completamente spariti e sotto le dita sente la pelle liscia come la seta. Le viene quasi da vomitare, ma invece urla, si mette ad urlare con quanto fiato ha in gola. Vuole che arrivi qualcuno, di corsa, a darle una spiegazione valida e poco le importa se potrebbe cercare un pulsante per chiamare qualche infermiera, vuole che questa arrivi trafelata e preoccupata così come lo è lei, per i suoi capelli evaporati nel nulla, perché non può vedere i suoi genitori e perché si trova in ospedale senza apparente motivo, almeno valido per lei.

Non ci vuole molto perché arrivino due infermiere corpulenti e la dottoressa di prima, come cavolo ha detto che si chiamava?

Che importanza ha...

«Dove accidenti sono i miei capelli?»

La dottoressa la guarda per un momento smarrita, poi sembra rilassarsi e fare un profondo respiro: «Non lo so, quando sei venuta qui, erano già rasati.»

Non è la risposta che si aspettava, le aveva chiesto dove fossero i suoi capelli e pretendeva una valida risposta, del tipo "stavi morendo e per salvarti ti abbiamo rasato a zero la testa, ora sei salva e con una testa perfettamente rosa" non avrebbe sicuramente risposto che andava bene, ma sarebbe stata una risposta. Che significava invece "non lo so"? Insomma, lei si era addormentata con i capelli e si era svegliata senza... e anche in un letto non suo, a giorni di distanza e in ospedale, nel reparto psichiatrico dell'ospedale... al manicomio.

Si era addormentata sana e con i capelli, si era

svegliata pazza e calva.

La donna accosta la sedia al suo letto e la osserva accennando un sorriso. Sembra che nulla possa smuovere la sua calma e la sua tranquillità. E perché dovrebbe. Non è lei ad essersi svegliata senza capelli, in un reparto di psichiatria e senza sapere come sia successo tutto ciò.

«So che sei turbata...»

«No, lei crede? Mi sono addormentata nel mio letto, nella mia vita e mi sono risvegliata al manicomio!» Quasi le urla in faccia lei.

«Questo non è un manicomio.»

«Dal mio punto di vista si!»

«È semplicemente un reparto come gli altri, con persone che hanno bisogno di aiuto.»

«Sono pazzi!»

«Hanno solo smarrito la loro strada.»

«Nella pazzia!»

La dottoressa sospira. È chiaro che così non andranno da nessuna parte.

«Sei arrivata in stato confusionale, ti abbiamo dovuta sedare per giorni, perché continuavi a ripetere che c'erano dei mostri e che volevano portarti via.»

«Tutto questo è assurdo!»

«Ma è quello che è successo.»

«Beh… ora non vedo più i mostri. Posso tornare a casa?»

«Non è così facile. Ma sono sicura che tra qualche giorno ti sentirai meglio.»

«Tra qualche giorno? Io non resto qui! Mi avete anche rasato i capelli, senza il mio consenso» le viene quasi da piangere.

«Non siamo stati noi. Sei stata tu.»

Veriana sta per replicare, anche se non sa bene cosa, quello che stanno dicendo è a dir poco assurdo, perché avrebbe dovuto fare una cosa del genere?

«Tua madre ha detto di aver trovato i tuoi capelli nel lavandino del bagno.»

Ora, oltre a venirle da piangere, le viene anche da vomitare.

«Respira» le dice la dottoressa con voce soave. Le ricorda gli elfi di Tolkien, con quella sua voce cantilenante.

Fa come le ha detto. Deve riprendere il controllo di questo terribile incubo atroce.

«Cosa ti ricordi?» La incalza.

«Mi sono sdraiata sul letto, a leggere un manga... poi... devo essermi addormentata... e mi sono svegliata qui.»

«E prima? Cosa hai fatto durante il giorno, tutta la giornata, cosa hai fatto, lo ricordi?»

«La mattina... sono andata a scuola, anzi no, era... domenica, credo...» solleva lo sguardo sulla donna e vede che una lacrima le sta sgorgando da un occhio. Ma non è trasparente, è rossa, è sangue.

«Sta sanguinando» dice lentamente, indicandosi l'angolo dell'occhio.

La dottoressa si porta confusa la mano nello stesso punto... e non c'è nulla.

Ma non dice niente, è Veriana a farlo: «Io... io, sono confusa, mi state confondendo...»

«Va bene, va bene, stai tranquilla. Hai solo bisogno di rimettere in sesto le idee. Puoi uscire dalla stanza, se ti va, è tranquillo, le persone in questo reparto sono tranquille.»

Sono pazze. Pensa.

Anche tu lo sei, a quanto pare. Dice a sé stessa.

3

Quel giorno non esce, ma il giorno dopo si, non può restare sempre chiusa in quelle quattro mura e chissà quando le permetteranno di andare via.

Ci ha pensato molto. Deve essere stato tutto un grande malinteso.

Non ha ancora idea di come i suoi capelli siano finiti dalla sua testa al lavandino, ma forse aveva solo tentato un nuovo taglio fai da te scovato su YouTube o TikTok, ed essendo riuscito male, ha avuto una sorta di esaurimento o crisi isterica che le ha fatto rasare i capelli per riparare al danno, per poi rimuoverlo per lo shock, insomma succede un sacco di volte, a tantissime persone, di rimuovere un avvenimento per credere che non sia mai accaduto. Si, doveva essere successo questo. Ovviamente, i suoi genitori, spaventati, l'avevano portata li. Per... aiutarla.

E i mostri che dicevi di vedere?

Quella dannata vocina di merda nella sua testa!

«Non ho visto nessun mostro, era lo shock per i capelli, forse era il mio riflesso da calva allo specchio, il mostro a cui mi riferivo.»

Stai parlando da sola. Hanno ragione loro. Sei pazza.

«Una marea di gente parla da sola, serve ad aiutare a ragionare meglio.»

Quante stronzate.

Dannata voce di merda. Non l'aiuta a ragionare. Non serve a nulla, se non a farla innervosire di più. E deve calmarsi, essere lucida, ricordare tutto, parlare con la dottoressa, essere dichiarata ufficialmente guarita e tornare a casa. Tutto risolto.

Un passo alla volta. Il primo, è uscire da quella stanza asfissiante e asettica.

Il corridoio è altrettanto pallido e anche squallido.

Le vengono in mente le parole dello *Stregatto* in *Alice nel Paese delle Meraviglie*: "Qui siamo tutti matti!". E in quel paese è tutto così colorato, che Veriana pensa che forse i colori ravvivano la pazzia e il bianco la attenua, per questo è tutto cereo e monocromatico in quel reparto.

Le altre stanze sono aperte, ma in molte non c'è nessuno, tranne in una. Sbircia dentro e vede una ragazza magrissima, con i capelli biondo paglia, che sta legando con dello spago dei bastoncini di legno. Si avvicina curiosa. Sono due giorni che è rinchiusa nella sua stanza, almeno da quello che ricorda.

Le dita piccole e sottili intrecciano abilmente, creando delle piccole bambole rigide, di legno rinsecchito.

«Ciao!» dice timidamente.

«Ciao!» le risponde l'altra, senza voltarsi.

«Cosa sono?»

«Bambole.»

Lo vedeva anche lei che erano bambole, avevano due gambe e due braccia, anche se rigide, e una specie di testa.

Senza capelli, come la tua.

Taci.

«Ho evocato molti demoni e ora non mi lasciano in pace. Questi mi aiutano a tenerli lontani.»

Ha una voce acuta e anche se minuta, osservandola da vicino, Veriana si rende conto che non è così piccola come aveva creduto inizialmente, deve avere la sua età.

Continua a non rivolgerle neanche uno sguardo e anche se Veriana è inizialmente tentata di chiederle il nome, desiste. Sembra tutto inutile. Si gira ed esce dalla stanza.

Altre ragazze, qualcuna molto ma molto giovane, si trovano in altre stanze, ma lei non ha più il coraggio di addentravi, è chiaro che in quel posto nessuno è totalmente lucido o non sarebbe li.

Come te. Anche tu non sei lucida. Per questo sei qui.

Taci. Taci.

Continua a camminare nel corridoio, fin quando arriva alla fine, dove c'è una gigantesca finestra con delle sbarre.

Qui sono tutti fuori di testa. Qualcuno potrebbe decidere di gettarsi di sotto. Per questo ci sono le sbarre. Fare un bel salto nel vuoto, un po' come rasarsi i capelli nel cesso di casa.

Taci. Taci. Taci.

Anche il bagno è completamente bianco, tutto fatto di piastrelle che non sono più neanche tanto lucide. Il rubinetto perde acqua, lo sente gocciolare, così prova ad entrare per chiuderlo. È un peccato sprecare l'acqua.

Ma quando entra, a gocciolare dal lavandino non è acqua, ma sangue. Sangue che è dappertutto in quel bagno. Spicca sulle piastrelle come se un pittore avesse spennellato a caso su una tela bianca.

Litri di sangue gocciolano sulle pareti, forse anche sotto al soffitto. I lavandini trasbordano e lo fanno ricadere come una cascata inquietante sul pavimento.

Veriana fa un passo indietro e poi un altro e un altro ancora, fino a toccare con le spalle il muro del corridoio.

Una ragazza richiama la sua attenzione: «Stai bene?»

Ha la voce soave, ma lei non sta bene. Come potrebbe, mentre osserva un bagno dove sembra abbiano appena squarciato decine di persone.

La ragazza si pone dinanzi lei: «Stai bene?» richiede. Ha un caschetto scuro e lucido e occhi grandi.

Veriana alza un braccio e indica il bagno: «C'è sangue, sangue dappertutto.»

L'altra si volta verso il bagno e le oscura la visuale per qualche secondo, poi si rigira verso di lei.

«Non c'è nulla!»

Ed effettivamente non c'è nulla. Solo un banale bagno con qualche gabinetto e lavandini. Nessuna traccia di sangue. Neanche una goccia.

Hai le allucinazioni. Sei pazza, come tutti in questo posto.

Taci.

Potrei. Ma cosa cambierebbe?

4

La ragazza con il caschetto nero si chiama Leda, è un nome insolito, ma Veriana non può certo dirlo, visto il suo di nome.

Senza chiederlo, la ragazza ha iniziato a sproloquiare sulle origini di quell'insolito nome. A quanto pare, secondo la mitologia greca, Leda era la regina di Sparta, moglie di Tindaro; una notte si accoppiò sia con il marito che con Zeus che, innamoratosi di lei, aveva preso le sembianze di un cigno per sedurla. Leda in seguito depose due uova, dal primo nacquero i figli di Tindaro e dal secondo quelli di Zeus.

Tutto ciò, non importa minimamente a Veriana, che al momento ha ben altri problemi di cui occuparsi e non può certo pensare alle turbe sessuali di Zeus che vaga per l'Olimpo e la Terra accoppiandosi con tutti e tutto. Ma non riesce comunque a non pensare ad una donna che depone delle uova.

Leda le dice qualcosa che dal tono sembra una domanda, ma Veriana non sta ascoltando, sta ancora pensando alle uova dell'altra Leda, la regina di Sparta.

«Cosa?» le chiede.

«Qual è la tua patologia? Perché sei qui?» le richiede la ragazza.

«Non lo so.»

Sì, che lo sai.

«Devo aver avuto qualche esaurimento, a quanto pare mi sono rasata tutti i capelli in bagno e ho iniziato a delirare su... dei mostri... che a quanto pare vedevo. Ma non me lo ricordo... però ora sto bene, tra poco mi faranno uscire.»

Sei sicura?

«Certo che sì!»

Lo dice ad alta voce, ma Leda non sembra scomporsi, non le chiede neanche con chi stia parlando, forse è abituata a vedere persone sproloquiare con i propri fantasmi.

Sorride. Solleva una mano e le accarezza la testa.

«È carina!»

Le sfiora l'orecchio con le dita e Veriana ha un sussulto. Non le piace essere toccate, soprattutto ora che non ha più i capelli a proteggerle la testa.

«A me non piace, avevo i capelli lunghi e mi piacevano.»

Leda sorride ancora e non dice nulla.

«Voglio farmi una doccia» dice Veriana, riguardando verso il bagno; non è contenta di entrarci dopo quello che ha visto (o ha creduto di vedere) ma vuole veramente lavarsi, probabilmente non lo fa da giorni.

«Ti conviene farlo ora e in fretta. Tra poco portano la cena e non vogliono che siamo in corridoio».

Veriana torna nella sua stanza e prende un grosso asciugamano e la saponetta che le hanno dato, è abituata al bagnoschiuma, ma è più scivoloso del sapone e sicuramente non è permesso in ospedale.

Torna in corridoio e si dirige in bagno. Non c'è nessuno e ne è contenta, visto che le docce sono aperte e non c'è privacy. Si spoglia e apre la doccia.

L'acqua calda fatica inizialmente ad uscire, ma quando inizia a scivolarle lungo il corpo, è una carezza tiepida che la coccola.

I braccialetti che ha intorno ai polsi si appiccicano e vorrebbe toglierli, ma non è sicura che le sia permesso. Non sono neanche suoi, con quegli sciocchi pupazzetti colorati.

Si sta godendo il tepore, quando la luce inizia a lampeggiare. Qualche sbalzo di corrente di sicuro, pensa Veriana, ma l'intermittenza continua e le sta disturbando la doccia calda e rinvigorente.

Non le va di chiamare qualcuno, ma per fortuna non occorre: la luce torna normale ad illuminare il bagno.

Chiude gli occhi e torna a godersi la sua doccia. Lascia che l'acqua le scivoli sulla testa calva, ma quando le arriva in bocca, ha un sapore orrendo. Sembra ferrosa e fa una smorfia di disgusto mentre riapre gli occhi.

Quella non è acqua.

Le sue mani sono completamente rosse, il sangue le gocciola copioso lungo le braccia e su tutto il corpo. Non riesce ad urlare. Si schiaccia lungo una delle pareti del bagno, mentre si rende conto che tutto quel sangue sta venendo fuori dal soffione della doccia.

La luce torna a fare i capricci e Veriana proprio non ha intenzione di restare al buio in quel bagno insanguinato. Cerca di afferrare l'asciugamano per correre via, quando qualcosa inizia a strisciare sul soffitto.

Sembra una persona, ma grossa, troppo grossa. Cammina carponi e a testa in giù. È lenta, ma lascia una scia scura dietro di sé.

Nota Veriana. Si ferma. La osserva. Poi spalanca la bocca in un urlo silenzioso. Emette dei rantoli, sembra un cane che tenta di ringhiare e abbaiare contemporaneamente.

La luce lampeggia ancora come in fibrillazione, poi di colpo torna tutto normale.

Quella cosa abominevole è sparita, così come il sangue. C'è solo Veriana in bagno, con l'acqua pura e trasparente che sgorga dalla doccia infrangendosi sulle piastrelle bianche.

Si accascia lungo la parete, fino a toccare con il sedere per terra. Avrebbe bisogno della vocina nella sua testa. Ma non c'è. Non ha nulla da dire.

5

Si trova di nuovo nel corridoio. Cammina lentamente, passando davanti ad ogni stanza; sono tutte vuote, tranne una. La ragazza con quelle strane bambole, ne sta intrecciando altre, mentre siede a gambe incrociate sul suo letto pallido. Veriana passa oltre e raggiunge un piccolo gruppo di persone che parlottano tra loro dinanzi ad una porta rossa. Sembra uno schiaffo in pieno viso, con quel colore intenso nel bianco del corridoio. Appena si avvicina, gli altri smettono di parlare; hanno gli occhi vitrei, senza pupilla, eppure si sente osservata. Leda è tra loro, ma i suoi occhi sono normali.

«Devi fare in fretta» dice «Non vogliono che stiamo in corridoio.»

Non le chiede di chi stia parlando, piuttosto le vorrebbe chiedere cosa deve affrettarsi a fare, ma lo sa già. Aprire la porta.

Si trattiene, gli sguardi vuoti le fanno pressione.

«Apri la porta, Veriana» insiste Leda.

Ma lei non vuole farlo.

Non sa cosa possa trovarci oltre.

O forse sì.

Tende la mano verso la maniglia. La sfiora. È fredda. Le fa paura.

Avverte e osserva le dita tremare.

Dovrebbe aprirla.

Ma lei non vuole farlo.

Non sa cosa possa trovarci oltre.

O forse sì.

E non vuole.

Avverte le mani che le sfiorano le spalle, la schiena, la testa. Si scosta, o almeno ci prova. Ma loro continuano a toccarla. I loro occhi sono sempre più invisibili e le bocche sono sparite, forse anche il naso, forse non sono più neanche dei visi.

Continuano a toccarla e la incastrano contro la porta rossa.

Getta un urlo, per chiedere aiuto, forse una delle infermiere può giungere in suo soccorso. Ma non arriva, c'è solo lei nel suo letto squallido nella sua camera squallida, almeno quella che è la sua stanza e quello che è il suo letto da qualche giorno.

Stupido incubo, non ne aveva mai fatti di così angoscianti prima, forse quel posto invece di guarire le persone, le fa ammattire di più.

Qualcosa di liquido le gocciola sulla fronte, ci manca solo che quel posto di merda abbia una qualche perdita e le dicano che deve cambiare stanza, magari mettendola con qualcun altro. Dubita che riuscirebbe più a dormire.

Un'altra goccia.

La stanza è buia e si solleva appena per accendere la piccola luce sulla testata del letto.

Ma avrebbe fatto meglio a non farlo.

Quello che gocciola dal soffitto è sangue e proviene da un uomo vestito con un pigiama rosa che cammina a testa in giù, o meglio striscia a testa in giù sul soffitto. Ha i capelli neri, lunghi e unti, ma gli mancano molte ciocche e dal cuoio capelluto visibile si notano croste rosse. Alcuni brandelli di pelle penzolano dalla testa, ciondolano verso il basso con alcuni capelli appiccicati sopra. Sembra che gli stia venendo via lo scalpo a pezzi. Un lavoro a metà. Un lavoro fatto male. Quando si volta verso di lei, girando la testa di novanta gradi, Veriana si rende conto che il sangue proviene da delle ferite ai lati della sua bocca. Due profondi tagli che aprono smisuratamente il sorriso facendogli rigurgitare la lingua e i denti in maniera spropositata da quel sorriso sghembo e contorto.

Veriana urla, e lo fa anche l'uomo, schizzando tutto intorno e sul viso della ragazza il sangue e la bile.

Avverte una mano piccola e calda che la tocca, non vuole, non vuole essere toccata da quell'essere, ma è Leda.

«Va tutto bene, hai fatto solo un incubo.»

Forse.

Veriana non è sicura, si era già svegliata da un incubo e la luce è accesa sulla testata del letto.

Osserva il soffitto, ma non c'è nessuno.

Apre e chiude gli occhi più volte e cerca di controllare il respiro.

Leda non dice nulla, resta solo accanto a lei, seduta sul bordo del letto.

Vuole chiederle perché è in quel posto.

«Da quanto tempo sei qui?» la domanda alla fine viene fuori diversa.

«Da una settimana.»

«C'è una ragazza in una delle stanze, crea delle specie di bambole. Lei da quanto tempo è qui?» Non sa perché le chiede anche di lei, forse vuole sentirsi dire che lì nessuno resta troppo a lungo.

«Da circa due anni, forse qualcosa in più.»

«Cosa?»

«Non sono sicura che andrà mai via e forse è un bene, non saprebbe dove andare altrimenti. Ha dato fuoco alla sua casa, con sua madre e suo padre dentro. Pare abusassero di lei. Dice di aver evocato dei demoni affinché la liberassero, ma che da quel momento la perseguitano e non la lasceranno mai libera. Le bambole aiutano a tenerli lontani.»

Veriana ingoia la sua saliva che per qualche motivo le si è accumulata in bocca. La domanda che ha in testa è stupida, da folli, ma in quel posto sono tutti folli, giusto?

Giusto!

«E se... se i suoi demoni esistessero realmente... e... e se ne andassero in giro per il reparto?»

Leda riesce a mantenere lo sguardo e l'espressione tranquilla: «Tutti noi qui abbiamo dei demoni e se ne vanno tutti in giro.»

La risposta le sembra assurda, ma ormai...

«Sai tante cose per essere qui da solo una settimana» non è esattamente quello che vuole chiedere, ma è quello che viene fuori.

Leda sorride: «È una delle tante settimane che trascorro qui, ci sono venuta tante volte. È un po' come una casa.»

Veriana sente di voler piangere, ma resta immobile, non ne ha la forza.

«Che cos'hai?» Le chiede ancora.

«A volte mi sento... malinconica, altre volte ho voglia di fare tante cose, altre invece, mi sento molto stanca e vorrei solo dormire, ma non riesco mai a riposare bene. Qui si, qui dormo bene. Qui i miei demoni vanno in giro con quelli degli altri e mi lasciano in pace, mi lasciano riposare.»

Veriana ora vorrebbe vomitare. E lo fa. Corre nel

minuscolo bagno nella sua stanza, dove a stento riesce ad entrare una persona e dove vi è solo un gabinetto e un piccolo lavandino. Raggiunge il primo e si libera.

6

Quella pastina che le hanno dato le ricorda quello che ha rigurgitato quella notte, dopo quel terribile doppio incubo e dopo quello che le ha detto Leda, cosa abbia avuto la meglio sul suo stomaco, non lo sa.

Ci passa il cucchiaio dentro, la mescola e la rimescola e sembra sempre più una poltiglia disgustosa ogni minuto che passa.

Scosta il piatto. Le sta venendo di nuovo da vomitare.

Si distende sul letto e inizia a pensare.

Forse ciò che vede è in qualche modo reale.

Forse ci sono realmente dei demoni che si aggirano in questo ospedale, è plausibile, visto quanti malati ci sono e ci sono stati nel tempo; un po' come accade alle storie sugli edifici antichi dove sono morte centinaia di persone e si crede che i loro fantasmi si aggirino ancora li.

Dovresti considerare l'idea di scrivere, magari una di

queste assurde storie che ti racconti può divenire un best seller di fama internazionale. O la cazzata del secolo.

Sbuffa.

«Stai zitta! Non ho voglia di sentirti, vocina del cazzo! Sto cercando di riflettere.»

Credevo che stessi cercando scuse, da quando sei qui.

«Di cosa stai blaterando?»

Perché non ti chiedi come hai fatto a finire qui?

«È tutto uno stupido malinteso.»

Credi davvero che portino al manicomio tutte le persone che si rasano i capelli?

Sospira e chiude gli occhi. Si tappa anche le orecchie con le mani.

«Stai zitta! Non ti voglio sentire!»

E allora devi farti esplodere il cervello. Perché è lì che sono.

Quasi quasi.

Smettila di fare la bambina e svegliati.

«Sono sveglia»

Non è vero, sono giorni che dormi.

«Come posso dormire se mi parli continuamente e

se mi addormento faccio incubi terribili!»

Motivo in più per svegliarsi.

Ma Veriana si riaddormenta e si ritrova nel pallido corridoio.

La ragazza nella stanza continua a fare le sue strane bambole. Il corridoio è sempre pieno di gente.

Parlano, poi fanno silenzio.

Si girano verso di lei, la guardano con occhi vuoti.

Si avvicina alla porta rossa, questa volta Leda non le mette fretta, non ce ne è bisogno. Veriana va dritta, tende la mano e abbassa la maniglia. Meglio aprirla e non pensarci più. Qualunque cosa ci sia dentro, farà la sua trionfale apparizione e lei potrà tornare alla realtà.

Ma non è pronta per quello che vede.

Distesa sul pavimento della stanza oltre la porta rossa, c'è lei. Con gli occhi spalancati e vitrei, senza respiro e in una pozza di sangue.

Avverte una mano sulla spalla, crede sia Leda, invece è un'altra sé stessa. Ha un pigiama rosa, il suo pigiama. La osserva severa.

È arrivato il momento di svegliarti.

«Sì, voglio svegliarmi da quest'incubo» singhiozza.

Devi svegliarti!

La scuote e lei apre gli occhi. Ansima e ha il viso umido, si chiede se ha pianto nel sonno.

Accanto a lei, seduta su una sedia accanto al letto, c'è la dottoressa Del Vecchio.

«Come ti senti?»

«Cosa è successo?» chiede invece lei.

«Urlavi nel sonno e mi hanno chiamata, non riuscivano a svegliarti.»

Veriana si raddrizza con la schiena e si mette a sedere sul letto.

Si sente ancora intontita e non sa se dire alla dottoressa le cose che vede, gli incubi che fa, forse potrebbe aiutarla o l'unico effetto che ne ricaverebbe, sarebbe entrare e uscire da quel posto come Leda, o restarci per sempre come la ragazza delle bambole.

«Perché non vuoi svegliarti?» Chiede improvvisamente la dottoressa, ma quando Veriana alza la testa per guardarla, si rende conto che è sé stessa. Seduta accanto al suo letto, ad osservarla.

«È un altro incubo?» Chiede rassegnata.

Solo se lo vuoi.

Devi svegliarti. È tempo.

«Non capisco...»

Solo perché non vuoi.

Guarda verso il basso.

«No!»

Fallo, sai che devi.

«Non voglio!»

Perché no?

Veriana sente gli occhi che si riempiono di lacrime e abbassa lentamente lo sguardo.

Le sue mani sono mollemente poggiate sul suo grembo. Le sue dita stringono il bordo del lenzuolo e sui suoi polsi ci sono sempre quegli stupidi bracciali con gli orsacchiotti colorati.

Quei bracciali orrendi.

Quali bracciali?

Non li ha nominati ad alta voce, ma forse non ce ne è bisogno. Quella è la sua mente, giusto?

Quali bracciali?

Richiede.

Sta per dire "questi" e indicarli, ma riabbassa lo sguardo e si rende conto che non sono bracciali. Sono bende con cerotti con disegnati dei pupazzetti.

Sente le lacrime calde rigarle il viso e non sa neanche perché sta piangendo.

O forse sì.

Le tremano le mani e le lacrime le stanno offuscando la vista, ma riesce comunque a sciogliere lentamente le bende.

Quando libera i polsi, non è stupita di vederci due tagli profondi e orizzontali che dividono quasi in due le mani dall'avambraccio.

Piange, Veriana. E ora che la voce dovrebbe parlare, dire qualcosa, qualsiasi cosa, se ne sta invece in silenzio.

Singhiozza, Veriana. E quello è l'unico suono che si sente, mentre cerca di nascondere alla sua vista quei tagli che non spariranno mai, come il ricordo di ciò che ha fatto.

7

Era avvolta nel suo pigiama di pile rosa, di almeno un paio di taglie in più, ma a lei piaceva così, la faceva sentire protetta, al sicuro, raggomitolata in quel morbido tessuto rosa. Aveva afferrato la copia del nuovo manga che aveva comprato quel pomeriggio, con l'intenzione di accoccolarsi sul letto a leggerlo, ma qualcosa era andato storto. Quando le pagine avevano iniziato a scorrere sotto i suoi occhi, non le aveva neanche distinte l'una dall'altra, tutte uguali, carta, disegni, colori... le succedeva spesso ultimamente, di sentirsi come sopraffatta e non riusciva a fare nulla, neanche le cose che amava di più, neanche dormire, a volte neanche mangiare; l'unica cosa che voleva era stendersi e guardare il soffitto. Ed era quello che fece anche quella sera.

Se ne stette per minuti, forse ore, distesa con lo sguardo e la mente persa nel vuoto, in un oblio dove non era concesso entrare neanche alla sua coscienza. Non avvertiva il suo petto alzarsi e abbassarsi ritmicamente al comprimersi dei suoi polmoni nel petto e anche gli occhi sembravano immobili, le palpebre non si aprivano e chiudevano, ghiacciate da un gelo invisibile che probabilmente l'aveva già uccisa.

Non aveva la forza di alzarsi da quella posizione. Ultimamente non aveva quasi mai voglia di alzarsi, muoversi, vivere...

Era tutto troppo difficile, tutto troppo complicato, tutto troppo doloroso.

Crescere non era come l'aveva immaginato, non era una corsa verso l'indipendenza, verso una maggiore consapevolezza di sé stessi, ma tutto il contrario. Era caos puro.

Il rivolo di bava che le colò all'angolo delle labbra le dava fastidio, troppo fastidio, fu quello a costringerla a muoversi. Sollevò la mano e si pulì. Dopo fu più facile.

Si alzò lentamente dal letto e si diresse in bagno con l'intento di pisciare, ma fu attratta dal suo orrendo riflesso allo specchio. Era un vero disastro:

pallida, con le labbra lesionate per la troppa secchezza, le occhiaie profonde come se avesse fatto a pugni con qualcuno avendo la parte peggiore, e questo era vero, aveva probabilmente fatto a pugni con la vita e stava amaramente perdendo. Pensò che sarebbe stato bello scendere dal ring.

I capelli erano un groviglio arruffato e si chiese da quanto tempo non li pettinasse.

Si passò le mani sulle guance scavate, poi iniziò a darsi dei piccoli schiaffetti. Si sentì meglio e continuò, ancora e ancora, finché iniziò a schiaffeggiarsi e nel mentre avrebbe voluto urlare se i suoi genitori non fossero stati al piano di sotto. Le disgustava anche solo il pensiero di una loro scenata.

Iniziò a tirarsi anche i capelli, ma non sarebbero mai venuti via. Pensò che sarebbe stato sicuramente scenografico, strapparseli a ciocche fino a staccarsi lo scalpo e vederselo penzolare tra le mani, ma sarebbe stato anche troppo doloroso e avrebbe finito con il lasciare il lavoro a metà, con la testa piena di ciocche di capelli che avrebbero penzolato a caso e brandelli di cuoio capelluto su tutto il pavimento. Così afferrò la forbice che giaceva nel mobiletto dietro lo specchio e iniziò, senza pesarci troppo, a tagliare i capelli. Li vedeva scivolare come un rigurgito nel lavandino, ma ancora non era soddisfatta. Faceva ancora più schifo di prima. Aprì uno dei cassetti sotto al lavabo e prese il rasoio di suo padre, quello che usava per rasarsi la barba e sistemarsi le basette. Il ronzio che emise mentre scorreva sulla sua testa fu piacevole, come vedere il rosa della testa; per poco non rise, non aveva mai visto prima d'ora la sua testa, il suo cuoio capelluto. Quando terminò, la testa era perfetta: rotonda, rosa e ordinata.

Ma non era comunque felice.

Non era nemmeno in pace con sé stessa.

Così gettò il rasoio nel lavandino e riprese la forbice.

«Perché non ridi» disse al suo riflesso allo specchio. Questi rimase immobile e silenzioso.

Aprì le forbici e dal verso della lama affilata, le introdusse nella bocca. Poteva darci un taglio e avrebbe sorriso per sempre.

Abbassò le braccia mollemente lungo il corpo, senza lasciare le forbici e si accasciò, lasciandosi scivolare fino a toccare il pavimento, con la schiena contro la porta di legno rossa del bagno. Era stata lei a volerla così, rossa, che razza di colore per una porta del cesso, come le era saltato in mente?

Restò un tempo imprecisato in quella posizione, con le gambe dritte, come una bambola stanca, di quelle che ormai sono troppo logore per essere usate ancora dai burattinai per gli spettacoli. Fine. Cala il sipario, gente.

Si, il sipario poteva calare.

Poteva scendere dal ring.

Quanto ci sarebbe voluto? Minuti? Probabilmente. Bastava solo un bel po' di coraggio. Ma lei non aveva il coraggio di vivere, dove avrebbe trovato quello per morire. Ma forse, talvolta, si è troppo stanchi per avere la forza di rialzarsi, perché è quello che serve, la forza, per rialzarsi, mentre il coraggio serve per porre fine a tutto, per dire al mondo "io mi fermo qui, grazie di tutto, grazie di niente".

Quanto dolore avrebbe provato? Forse meno di quello che provava in quel momento.

Il tempo di poggiare sul polso sinistro la lama della forbice e pensare se fosse realmente riuscita nel suo intento, che questa stava già lacerando la carne. Veriana vide lo squarcio aprirsi e i due lembi di pelle separarsi, e sperò di non essere andata troppo in profondità, le avrebbe fatto impressione vedere l'osso del polso. Ma vide solo lo spessore della carne, un secondo prima che il sangue prendesse il sopravvento e coprisse tutto, mentre scivolava sul palmo delle mani, tra le dita, sull'avambraccio.

Pensava che avrebbe fatto male, invece aveva avvertito solo il freddo della lama. Prima che il dolore sopraggiungesse, si affrettò a ripetere l'operazione anche sul polso destro.

Freddo.

Squarcio nella pelle.

Sangue.

Lasciò finalmente andare le forbici e distese le braccia lungo il corpo.

Un leggero bruciore iniziò a sbatacchiare sulle

ferite. Le mani divennero fredde. La testa iniziò a girarle.

Le macchie di sangue dai due polsi si unirono sul pavimento e si allargarono sotto il suo corpo.

Quando pensò che tutto sarebbe finito in pochi minuti, forse secondi, ebbe un momento di malinconia: chissà come sarebbe andata a finire la sua avventura sulla Terra se avesse annullato quel momento. Ma non poteva. Era troppo tardi. Ci si poteva pentire nell'aldilà?

La vista iniziò ad offuscarsi, tutto a vorticare...

L'altra sé stessa la osserva, non è insanguinata, ma ha i capelli rasati. Non sta morendo, forse non è mai esistita.

Ti devi svegliare.

«No, sto per addormentarmi.»

Stai dormendo da giorni.

«Sono stanca.»

Lo so e lo sarai ancora per un po'.

«Allora lasciami dormire.»

Non posso. Non puoi.

Devi svegliarti. Ora.

«Posso?»

Puoi.

Apri gli occhi.

E Veriana ci prova, è difficile, ma la vista sembra ricomporsi, acquistare vigore.

La testa non le gira più e non ha freddo.

Non è seduta nel suo bagno, ma sdraiata in un letto. Non è il suo e neanche la stanza. Sembra quella di un ospedale, ma quando abbassa lo sguardo ai polsi non ha stupidi bracciali con gli orsacchiotti, sono invece circoscritti da spesse fasciature con candide garze.

Da un piccolo vetro nella porta della stanza, intravede i suoi genitori, sembrano turbati mentre parlano con un dottore; vorranno spiegazioni e le vorranno da lei. Dovrà dargliele.

È stanca, ma nessuna intenzione di dormire.

BUONANOTTE E SOGNI D'ORO

DANIELA E.

SIC TRANSIT GLORIA MUNDI

DANIELA E.

SIC TRANSIT GLORIA MUNDI

1

Sicuramente aveva visto chiese molto più belle esteticamente, e anche fedeli più appassionati, ma forse solo in un modo diverso. Quelli che aveva di fronte erano insoliti, fissavano padre Rudolf come se fosse una vera e propria rappresentazione terrena dell'altissimo, ma con il volto totalmente assorto o vuoto o entrambe le cose; pregavano anche in modo insolito, con gli occhi chiusi e senza muovere mai le labbra. Ma la chiesa era gremita, qualcuno durante la messa della domenica, come quella, stava anche in piedi, perché non c'era più posto sulle panche. Era la seconda domenica a cui assisteva alle stesse scene e se la prima volta li aveva trovati un po'... diversi, in quel momento ne era certo. Non pensava che fosse sbagliato, solo... diverso, insolito. Forse doveva solo abituarsi. Aveva ancora qualche mese, prima che padre Rudolf andasse in pensione, ritirandosi in un convento da qualche parte sulle Alpi e lasciasse il timone della nave carica di fedeli a lui.

Matteo, ora padre Matteo, doveva ancora abituarsi. Era cresciuto in un piccolo paese di trecento abitanti, aveva frequentato tutta la vita l'unico edificio con attività oltre alla scuola, l'oratorio e, trasportato da una fede che lo aveva sempre accompagnato, si era spostato per la prima volta dal suo paesello di nascita, quando aveva frequentato teologia. Credeva inizialmente di sentirsi spaesato, ma era circondato da quasi tutti futuri preti che parlavano solo di religione e fede, argomento su cui era particolarmente ferrato, e così tutto era andato per il meglio. Era poi tornato dopo aver preso la decisione definitiva di prendere i voti, decisione che gli sembrò più facile e naturale del previsto, e lo aveva comunicato alla sua famiglia e poi a tutto il paese e nessuno si era meravigliato più di tanto. Non aveva dovuto neanche cambiare nome, Matteo sarebbe stato perfetto anche come nome da prete, tutto perfetto, e così era stato. Dopo i voti, aveva trascorso due mesi in Africa e quando era stato sopraffatto dal troppo dolore e dalla troppa miseria, aveva deciso di tornare in patria. Si stava per liberare un posto in un paesino di seicento persone e a quanto pareva, nessuno era contento di andarci, tranne lui, era vissuto in un paese di trecento anime, sarebbe stato a suo agio in uno con poco più del doppio di fedeli.

La messa era praticata ancora dall'anziano prete che, piuttosto arzillo e in forma, sembrava voler ufficiare fino al suo ultimo giorno, prima dell'auto esilio. Padre Matteo non capiva il motivo di padre Rudolf di voler abbandonare, dopotutto non era così vecchio e sembrava godere di buona salute, ma prima di giungere lì, gli avevano riferito che il suo predecessore era stanco, almeno mentalmente, era stato per lunghi anni in diverse missioni in giro per il mondo e aveva praticato diversi esorcismi, che lo avevano provato e sfiancato, ora voleva solo rilassarsi e godersi la vecchiaia, facendo quello che gli riusciva meglio, pregando per le anime peccatrici dei comuni mortali.

I fedeli si alzavano e risedevano sulle panche, come tanti soldati; Padre Matteo era quasi ipnotizzato da quell'immagine di assoluta perfezione. Eppure...

Era perfettamente consapevole che di perfetto non c'era nulla sulla Terra, soprattutto tra gli uomini. Osservava il volto dei fedeli e non riusciva a non pensare ai vari confessionali che aveva fatto in quelle due settimane. Sapeva che, una volta assolta la persona dai suoi peccati, questi si sarebbero dovuti cancellare dal cuore, dalla mente e dall'anima del peccatore e di chi aveva avuto l'onore, o la sventura, di udirli, dissolvendosi come neve al Sole, ma lui era anche un uomo colto che sapeva che quando la neve si scioglie, resta sottoforma di acqua e poi piccole particelle che impiegano un po' a disperdersi completamente ed era, ovviamente, un essere umano e come tale, faceva fatica a non ricordare tutto ciò che gli era stato riferito nel confessionale, dalle persone che ora pregavano dinanzi a lui e, consce di essere ormai purificate, pronte ad accogliere il "corpo di Cristo".

Se ne restava quindi immobile ad osservare quei volti assorti e non era la prima volta che gli capitava, gli era successo anche in passato. Si dividevano sempre in precise categorie: c'erano gli anziani, che si confessavano quasi sempre per avere semplicemente qualcuno con cui parlare; i bambini che confessavano sempre di aver disobbedito ai loro genitori e di aver desiderato i giocattoli dei loro amichetti; gli adolescenti non si confessavano quasi mai, anche perché i peccati che iniziavano a commettere, per quanto consistenti, volevano farli, vivevano per quello e non avevano nessuna intenzione di confessarli o addirittura pentirsene. Poi c'erano gli adulti maturi e consapevoli, si vergognavano di quello che facevano o pensavano di fare, ma la natura umana è peccatrice e non può certamente farne a meno. Come la giovane e bella moglie del salumiere, che gli aveva già confessato tre volte, quanto fosse irrimediabilmente attratta dal giovane aiutante che suo marito aveva assunto e ogni volta che lui la guardava, lei avvertiva *«un calore tra le cosce»* che, al solo pensiero, la faceva impazzire. O come il farmacista, che una volta a settimana andava verso la città più vicina e, poco prima della statale, si avvicinava alle prostitute sul margine della strada, chiedeva loro quanto prendevano e cosa facevano, ma non aveva mai il coraggio di farne salire una in macchina. C'erano poi i genitori frustrati, come Clara, sopraffatta qualche volta dalla stanchezza a tal punto da desiderare che Dio chiamasse a sé suo figlio autistico, che urlava e correva per casa tutto il giorno, tutti i giorni; come Paolo e Pamela, che ultimamente non sapevano come comportarsi con il giovane figlio di quindici anni, sempre chiuso nella sua stanza e sempre più silenzioso; e come la maestra elementare Carla, che la figlia adolescente Clizia stava facendo impazzire, con le sue uscite notturne con un ragazzo molto più grande di lei e i rientri all'alba, anche quando il giorno dopo c'era la scuola.

Persone normali, storie normali, peccati consueti, che tutti però sentivano insuperabili e credevano di sentirsi sopraffatti o inadeguati. E in tutto questo c'era lui, un giovane prete che se ne restava in un angolino ad osservare quei peccatori e incapace di dimenticare fino in fondo di averli assolti qualche ora prima e conscio di dover chiedere perdono al suo

Signore per le sue mancanze come guida spirituale.

«La messa è finita, andate in pace» le parole di padre Rudolf, quasi lo fecero trasalire, tanto era assorto ancora nei suoi pensieri. Si fece il segno della croce e scese i pochi gradini dell'altare per raggiungere il suo compagno che era solito salutare i fedeli ad uno ad uno.

Iniziò come un leggero spostamento d'aria e inizialmente credette di avere un capogiro, ma gli altri avevano uno sguardo preoccupato dipinto sul volto e fece in tempo a capire che non era soltanto un suo problema, che la terra tremò, prima leggermente, poi la scossa si avvertì maggiormente e qualcuno emise un flebile grido, altri persero l'equilibrio e cercarono di non cadere reggendosi alle panche. Quando tutto terminò pochi secondi dopo, si guardarono in viso quasi sorridenti, sentendosi ridicoli per essersi spaventati per una piccola e quasi insignificante scossa di terremoto e grati per essere stati sicuramente protetti da ogni male dalla casa del Signore.

Fu mentre sorridevano e si rincuoravano l'un l'altro e accertavano che tutti stessero bene, anche gli anziani più fragili e suscettibili, che un insolito stridere si diramò alle spalle dell'altare e una manciata di secondi dopo, il tempo che impiegarono tutti i presenti per voltarsi in direzione del rumore, il crocifisso a grandezza naturale che si ergeva maestoso sull'arcata principale, si staccò dal suo appoggio e si schiantò al suolo, fracassandosi in più pezzi. Il busto si tranciò a metà per il forte impatto, la croce perse i due laterali e Gesù fu decapitato e la sua testa rotolò, passando sotto l'altare, giù per i tre gradini e fermandosi ai piedi del giovane Carlo, figlio silenzioso di Paolo e Pamela.

Tutti restarono in silenzio e Carlo sgranò gli occhi restando immobile ad osservare quelli della testa, che sembravano altrettanto sconvolti, anche se quello forse era per l'estasi che dovevano simulare.

2

Erano trascorsi tre giorni dall'accaduto e, anche se non c'erano state più scosse, la caduta e distruzione del crocifisso nella chiesa era ancora argomento di forte turbamento. Era già deciso di comune accordo, che si sarebbero tutti autotassati per ricomprarlo, ogni chiesa doveva avere un crocifisso, ma soprattutto rivederne uno appeso all'arcata, avrebbe potuto far dimenticare ciò che era successo e soprattutto gettarsi alle spalle quell'aura di superstizione che aveva silenziosamente invaso tutti e che rendeva gli abitanti del paesino suscettibili a qualsiasi insolito avvenimento. Un anziano signore dopo che aveva bevuto un bicchierino di troppo al bar, aveva iniziato a blaterale sull'imminente fine del mondo e una vecchietta, quando il suo rubinetto aveva subito una perdita allagandole la cucina, si era detta certa che quella fosse una delle piaghe che Dio aveva deciso di far ripiombare sulla Terra, piena di peccatori indegni di ascendere nell'alto dei celi fino a quando non si fossero depurati e purificati.

L'apice del delirio si toccò quando Paolo e Pamela giunsero pallidi e turbati in canonica, asserendo che il figlio, il loro unico e amato figlio, fosse posseduto dal demonio.

Padre Matteo, interiormente, non sapeva se scoppiare a ridere, restarne sconvolto, prendersi a schiaffi o chiamare il più vicino centro di igiene mentale, ma era un prete e come tale avrebbe dovuto dare conforto ai bisognosi; non sapeva se la coppia avesse bisogno di conforto o di aiuto da parte di un altro tipo di specialista, ma il fatto che fossero evidentemente turbati, lo costrinse a protendere verso la prima ipotesi.

Padre Rudolf, invece, non sembrò particolarmente sconvolto da quella confessione, fu piuttosto gentile e invitò i coniugi a spiegare cosa li avesse condotti ad una simile conclusione.

«Carlo è sempre chiuso in casa negli ultimi tempi, è silenzioso e sembra non essere attratto da nessuna attività che gli viene proposta» iniziò Paolo e padre

Matteo si chiese se andare a messa, a passeggiare nel parco e fare colazione al bar, tutto nel giro di un chilometro, fossero attività particolarmente attrattive per un giovane che si accingeva a diventare uomo.

«Ma è sempre gentile e educato con noi, se non gli va di fare qualcosa, semplicemente dice che non è in vena o magari la prossima volta. Da tre giorni invece, non fa che rispondere bruscamente ad ogni cosa che gli diciamo, sembra facilmente irritabile e... il suo sguardo... è come cambiato.»

«Forse questo è dettato dal suo stato d'animo, l'adolescenza è un periodo di transizione molto difficile» disse padre Rudolf.

«Non è soltanto questo, padre» si intromise Pamela.

«La sera, mentre è chiuso nella sua stanza, lo sento parlare da solo. Inizialmente credevo pregasse, ma non riconoscevo nessuna preghiera. Continua per ore e non so se quelle siano o meno preghiere, ma di sicuro non sono rivolte a Dio.»

Padre Rudolf restò in silenzio, mentre Matteo

avrebbe tanto voluto dire a quei giovani e preoccupati genitori, che con molta probabilità il figlio parlava al telefono con qualche ragazza.

«La prego, venga a casa nostra, gli parli, oppure lo convinceremo a venire qui, ma la prego, ci aiuti, il diavolo è entrato in casa nostra e lei è esperto in queste cose, sono certa che se lo vedesse, capirebbe subito che non è più lui, non è più il nostro amato Carlo.»

«Non ho nulla in contrario nel parlare con lui, ma sono sicuro che non ci sia nulla di cui preoccuparsi, sta solo attraversando un periodo di cambiamento. Proporrei comunque di monitorarlo nei prossimi giorni e di tenermi aggiornato su qualunque cosa insolita, magari potreste provare a fare qualche video.»

La proposta fu accolta positivamente e, anche se ancora turbata, la coppia andò via almeno sicura di non essere sola e abbandonata.

Padre Matteo avrebbe voluto dire a padre Rudolf che sicuramente quei due poverini si erano lasciati suggestionare dalla testa di Gesù che rotolava, con gli occhi spalancati e la bocca in una smorfia sofferente, fino ai piedi di loro figlio; probabilmente lo pensava anche lui, ma nessuno dei due disse nulla. Era un'ipotesi… o forse no, dopotutto, quando sei fra i beati che *crederanno pur non vedendo*, sei abituato a credere a tutto.

3

Quando Carlo urlò in piena notte, i suoi genitori credettero di avere un colpo al cuore; entrare nella stanza del figlio e assicurarsi che fosse vivo e nessuno lo stesse aggredendo, non li fece sentire meglio. Carlo non riusciva a muovere le gambe, non ne avvertiva la sensibilità, era come se ne fosse totalmente privo.

«Non riesco a muovere le gambe, non le sento!» Iniziò a piagnucolare, in preda al panico.

«Chiamo un'ambulanza!» Disse subito suo padre, ma non ne ebbe il tempo, perché il figlio spalancò la bocca e gli occhi e gettò la testa all'indietro. Il pomo d'Adamo iniziò a muoversi freneticamente e dalla gola, improvvisamente ingrossata, parve stesse per uscire qualcosa.

«Sta soffocando!» Urlò sua madre, terrorizzata.

Carlo sembrò cercare di dire qualcosa, ma senza riuscirci; emetteva suoni gutturali e la bava gli colava lungo il mento. Poi, dopo un lungo sospiro gracchiante, smise del tutto di respirare, restando con gli occhi aperti e immobili.

Anche i genitori si immobilizzarono, incapaci di realizzare che il figlio stesse per morire, ma Carlo tornò a respirare e si accasciò sul cuscino, addormentato.

«Credo che dovremmo portarlo comunque in ospedale, potrebbe avere qualche danno cerebrale» disse ad un certo punto Paolo alla moglie. Erano ore che cercava di convincerla, inoltre erano rimasti tutta la notte a vegliare il figlio ed erano stremati.

«Potrebbero rinchiuderlo da qualche parte e padre Rudolf non riuscirebbe più ad aiutarlo!» Continuava a ripetere lei.

«Ha bisogno di un medico, non di un'esorcista!»

«Nessun medico può aiutarlo!»

«Ma rifletti, Pamela, sta avendo delle crisi e forse è qualcos'altro, invece che... possessione.»

«Stai dimenticando quello che è accaduto domenica in chiesa, forse si è... risvegliato qualcosa o... forse è stato addirittura lui a far cadere...»

Non riuscì a finire la frase, l'ipotesi che suo

figlio potesse avere un demone al suo interno, così potente da scatenare una scossa di terremoto e far cadere un crocifisso enorme, proprio in chiesa, le prosciugava la saliva e terrorizzava a morte.

Paolo sospirò: «Allora dovremmo avvisare padre Rudolf di ciò che è successo questa notte. È un esperto e sicuramente saprà dirci se è vero ciò che credi o forse nostro figlio ha bisogno...» le parole gli morirono in gola, mentre osservò qualcosa alle spalle di sua moglie. Quando lei si voltò, vide Carlo con la testa girata di novanta gradi e uno sguardo attento ma decisamente non rassicurante. Entrambi non lo avevano mai visto sul volto del figlio. Troppo rude. Troppo severo.

«Tesoro...» cercò di dire sua madre.

«Come ti senti?»

«Non voglio!»

La voce venne fuori profonda e quasi innaturale, tanto che Pamela fece un passo indietro, come se non conoscesse affatto il ragazzo in quel letto.

«Non voglio vedere padre Rudolf!»

Entrambi cercarono di replicare, ma Carlo

continuò a ripetere: «Non voglio vedere padre Rudolf! Non voglio vedere padre Rudolf!»

«Certo! D'accordo, si vede che stai meglio e non ce ne è sicuramente più bisogno.» Balbettò quasi suo padre, mentre la madre restò silenziosa ad osservarlo come un perfetto estraneo.

Carlo sembrò essersi completamente ripreso fisicamente, seppure restò tutto il giorno a letto a dormire, sembrava stanco, quasi spossato e ogni volta che si agitava, la spossatezza lo prendeva maggiormente, devastandolo. Anche il sonno non lo ristorava, continuava a borbottare parole contorte, senza apparente senso, anche in una lingua sconosciuta, almeno ai suoi genitori. Quando sembrava calmarsi, iniziava a tremare, come in preda a terribili incubi, qualche volta urlava e poi tornava a blaterare chissà cosa.

Paolo era preoccupato, temeva che il figlio soffrisse di qualche brutto male e che più tempo trascorreva senza cure precise, meno probabilità di salvarlo potessero esserci. Pamela invece, continuava a stare in silenzio o a pregare, incapace di rientrare nella stanza del figlio, anche perché, ne era sempre più convinta, chiunque fosse sdraiato in quel letto non era suo figlio, non più, almeno non era da solo in quel corpo. Una madre lo sapeva, una madre lo sentiva.

Enunciò il rosario completo per tre volte, poi si alzò, andando finalmente nella stanza del figlio e portando con sé il crocifisso che aveva tenuto in grembo tutto il tempo delle preghiere.

Aprì la porta lentamente, Carlo sembrava riposare, anche se il respiro era rantoloso. Nella stanza faceva freddo e quasi fu colta da un brivido.

Si avvicinò lentamente al letto e tese una mano con il crocifisso, con l'intento di infilarlo sotto il cuscino del figlio, a sua insaputa. Ma questi aprì gli occhi di colpo e afferrò il polso della madre. La presa era ferrea e Pamela emise un gemito di dolore, pareva volesse spezzarglielo.

Con l'altra mano, Carlo afferrò il crocifisso, poi lo osservò disgustato e con lo stesso, diede uno schiaffo a sua madre, che all'impatto con il legno della croce e l'acciaio del corpo di Gesù, cadde a terra, senza aver compreso bene cosa fosse accaduto. Non ebbe comunque il tempo di metabolizzarlo, che il figlio si scaraventò come una furia su di lei.

La tirò per i capelli, trascinandola al centro della stanza, poi la colpì alla testa con il crocifisso, che le aprì all'istante una profonda ferita alla fronte. Il sangue le colò sulla faccia e le annebbiò la vista, ma Carlo la colpì ancora e ancora. Pamela avvertì un dolore fortissimo alla mano con la quale cercò di parare i colpi del figlio. Un nuovo colpo in faccia le aprì il labbro superiore facendole ingurgitare sangue e bile. Un altro ancora le perforò la tempia e perse per qualche secondo i sensi, sentendosi confusa e avvertendo il dolore offuscarsi. Pensò che sarebbe morta, uccisa per mano di suo figlio, o almeno del suo corpo. Improvvisamente sentì Carlo urlare e la voce del marito che cercava di calmarlo, inutilmente. Tra le lacrime e il sangue, che le oscuravano parzialmente la vista, vide il figlio scalciare come un cavallo inferocito e inarcare la schiena in maniera poco naturale. Poi si sentì sopraffare dal dolore, fisico e dell'animo e tutto divenne buio.

4

Padre Rudolf e padre Matteo rimasero senza parole, quando videro il livido scuro che circondava l'occhio di Paolo e soprattutto le ferite di Pamela, che aveva il volto cianotico, una mano fasciata ed evidenti ferite alla testa, coperte da medicazioni. Quando la donna scoppiò a piangere raccontando ciò che era accaduto, Matteo non ebbe dubbi che la coppia avesse bisogno di aiuto per il figlio, ma non era sicuro che loro fossero in grado di fornirglielo.

«Forse dovreste prima far vedere Carlo da un medico, magari anche da uno psichiatra.» Disse padre Rudolf, dopo aver ascoltato il racconto della coppia. Non sembrava averlo detto con particolare convinzione, ma il suo collega era certo che quelle opzioni fossero la cosa migliore, ma lui non aveva mai praticato o assistito ad un esorcismo, mentre padre Rudolf, a quanto ne sapeva, era un esperto, uno dei pochissimi esorcisti rimasti; la chiesa non amava parlarne, per paura di essere accusata di essere rimasta con la mente proiettata ancora nel Medioevo, ma di tanto in tanto, si serviva di queste pratiche, il più delle volte quando proprio non c'era altra opzione.

«Lo rinchiuderebbero, i medici dicono sempre che si può curare tutto con la medicina, ma noi sappiamo che non è così, padre. Ci sono mali che solo la fede può curare.» Disse Pamela, mentre suo marito se ne restava con la testa bassa e in silenzio, non sembrava particolarmente convinto che suo figlio avesse bisogno di essere epurato da qualche demone, ma allo stesso tempo, non aveva altre alternative da proporre, visto che la moglie non ne voleva sapere di portare il figlio in ospedale e probabilmente condizionato dagli ultimi avvenimenti.

«Portatelo qui!» Disse improvvisamente padre Rudolf, con sommo stupore di padre Matteo.

«Ci sono alcune cose che possono farmi comprendere meglio se si tratta o meno di possessione.»

Poi aggiunse qualcosa che gelò il sangue nelle vene di Matteo.

«Ma badate bene, se dovessimo richiedere il permesso della chiesa, questi con molta probabilità ci verrebbe negato, ci sono stati rarissimi casi in cui ha accettato e comunque sempre successivamente ad un ricovero della persona in questione, quindi, se volete evitare tutto questo, dobbiamo farlo questa notte stessa, qui e da soli. Nessuno ne dovrà mai fare parola».

Quando la coppia andò via, con la promessa di tornare quella sera stessa con il figlio, padre Matteo chiese spiegazioni all'anziano prete.

«Sappiamo entrambi che con molta probabilità quel ragazzo ha bisogno di cure mediche e non di un esorcismo!»

Padre Rudolf lo osservò come se fosse un povero stolto che non capiva come allacciarsi le scarpe.

«Ci sono cose terribili a questo mondo e per molte di loro la colpa è del demonio. La chiesa non concede il permesso per un esorcismo per paura, non perché non crede che serva. Se una persona dovesse morire durante un esorcismo, la chiesa perderebbe di credibilità e non può permetterselo, non di questi tempi, dove i libri di scienza stanno prendendo il sopravvento sulla fede, fuorviando le menti umane e allontanandole da Dio. Ma il nostro compito è quello di aiutare le povere anime e quella di Carlo potrebbe essere in serio pericolo, se così fosse, non potremmo lasciare che la sua anima venga divorata fino a finire tra le fiamme dell'Inferno».

Matteo non ebbe da obiettare, non era convinto di cosa dire, la sua razionalità talvolta faceva a pugni con la sua fede. Così si fece semplicemente il segno della croce, chiedendo al suo Signore di dargli la forza di affrontare tutto ciò, senza vacillare, nel corpo, nella mente e soprattutto nell'anima.

5

Padre Rudolf accese delle candele sull'altare, indossò l'abito talare completo e pregò rigorosamente in silenzio, stringendo tra le mani un piccolo libricino consunto. Poi accese l'incenso e fece ciondolare il turibolo tra le mani, mentre vagava per la chiesa.

Aveva deciso che oltre alla sfortunata famiglia e loro due, ad assisterli ci fosse anche il giovane Ohr, che serviva messa come chierichetto e che sicuramente non avrebbe rivelato nulla a nessuno: era un povero orfano sfortunato, di circa vent'anni, indossava sempre i vestiti che le persone donavano alla chiesa e che qualche volta neanche gli andavano bene, spesso erano troppo stretti e corti per lui, che era abbastanza alto, ma che se ne stava sempre curvo e con la testa china, gli occhi che guardavano sempre in basso e sfuggivano lo sguardo di tutti, intimidito da chiunque. A Matteo faceva pena e tenerezza, sempre pallido e con i capelli biondi arruffati, con la sua voce dolce e il suo sentirsi sempre indegno ma riconoscente per ogni piccola cosa che riceveva.

Ohr non sembrava particolarmente contento di assistere ad un esorcismo e se ne restava in silenzio in un angolo, ad osservarsi le mani tremanti. Ebbe un sussulto, e non fu l'unico, quando in chiesa entrarono Paolo e Pamela con il figlio. Padre Matteo non aveva la più pallida idea di come avessero fatto a convincerlo a venire lì, ma Carlo sembrava tranquillo, anche se non si poteva negare che non avesse uno sguardo diverso dal solito; il suo sorriso dolce era sparito e gli occhi posavano sui presenti uno sguardo severo e carico di odio. Tuttavia, se ne stava corrucciato, in silenzio, seppur ansimando appena, come se facesse fatica a respirare normalmente.

«Ciao Carlo, come ti senti?»

La voce soave e gentile di padre Rudolf con il quale pose quella domanda, riecheggiò nel vuoto e nel silenzio della chiesa.

L'altro non rispose, si limitò a sollevare un lato

delle labbra, in un ghigno che non ricordava nulla del giovane che era stato.

«Questo posto puzza come lo sterco dell'umanità!» Disse, con voce profonda.

«E tu non sei umano?»

«Non più.»

«E cosa sei? Chi sei? Perché io ricordo che sei Carlo.»

«Non più. Carlo non è più qui!»

Pamela tremò visibilmente a quelle parole, ma cercò di trattenersi dall'esplodere in una crisi di pianto e urla disperate.

«E dov'è ora Carlo?» Chiese sempre padre Rudolf.

«Da qualche parte a bruciare tra le fiamme dell'Inferno!»

«E non può più tornare?»

«No, perché ho intenzione di distruggere questo corpo finché non diviene cibo per i vermi!»

Detto ciò, strinse i denti sul labbro inferiore, fino a che dalla bocca colò un rivolo di bava misto a sangue, che gli scese lungo il mento, per poi gocciolare sul pavimento di marmo.

Fu un attimo, padre Rudolf sollevò il braccio destro e gettò l'acqua santa che aveva in una boccetta tra le mani, dritto in faccia al giovane. In un primo momento, questi rimase interdetto, sgranando gli occhi quasi fuori dalle orbite, poi urlò. Le sue grida rimbombarono sulle pareti e trapanarono le orecchie dei presenti. Il prete ripeté l'operazione e Carlo iniziò a schiaffeggiarsi, poi cadde con un tonfo a terra e si dimenò come in preda a crisi epilettiche, continuando a urlare e dimenarsi, mentre tutti lo osservavano impotenti, tranne padre Rudolf che restò impassibile. Si erse sul ragazzo e dall'alto continuò a gettare acqua santa sul suo corpo, mentre pregava in latino. Carlo inarcò la schiena, fino a poggiare la testa perpendicolare al pavimento e formando un arco perfetto, che sembrava potesse spezzargli la colonna vertebrale da un momento all'altro.

Poi tutto finì. Improvvisamente. Come un soffio su una candela che fa divenire tutto buio.

«Credo che possa essere più complicato del previsto, ma dobbiamo aggrapparci alla fede e tutto andrà per il meglio.»

L'anziano prete parlò mantenendo sempre la calma, nonostante fosse sicuramente preoccupato per le sorti del giovane, godeva di una ferrea fede e di una grande esperienza. Doveva aver visto sicuramente cose che sarebbero apparse assurde alla maggior parte degli esseri umani.

6

Padre Matteo e Ohr sollevarono il giovane corpo di Carlo e lo adagiarono ai piedi dell'altare, su richiesta di padre Rudolf. Da quando si era calmato improvvisamente, il ragazzo era rimasto tranquillo, senza forze, anche se respirava affannosamente, in una sorta di stato catatonico.

Matteo era confuso, tra quello in cui aveva sempre creduto che rafforzava la paura di ciò a cui aveva appena assistito e la razionalità, a cui non riusciva proprio a rinunciare, che premeva ossessiva sulle sue tempie e sembrava urlargli che quel ragazzo aveva bisogno di dottori e non di preti, di cure all'avanguardia e non di pratiche antiche e ai limiti dell'assurdo.

Ohr invece sembrava un bambino appena svegliato di soprassalto da un terribile e orrendo incubo e le sue mani avevano preso a tremare ancora più vigorosamente.

«Padre, ora ho bisogno del suo aiuto!» disse

padre Rudolf, porgendo un libricino di preghiere al compagno prete.

«*Padre nostro* e *Ave Maria*, di continuo e qualunque cosa accada, non si lasci intimorire e soprattutto, non si fermi, mai!» Lo aveva detto con fermezza, mentre l'altro si sentiva quasi sopraffatto dagli eventi e dalle circostanze. Si chiese se il demone dentro Carlo potesse rendersi conto del suo stato d'animo, leggere nella sua anima, la sua condizione eretica.

«In nome di Dio, io ti obbligo a lasciare questo corpo, immonda creatura!» Quasi urlò padre Rudolf e appena pronunciò queste parole, Carlo scattò con la schiena dritta e si mise a sedere.

Il prete continuò a ripete la sua richiesta e il ragazzo riprese ad urlare.

L'acqua santa gli schizzò nuovamente sulla faccia, negli occhi, in bocca fin giù nella gola, mentre lui gridava e si contorceva, come un serpente che brucia tra le fiamme.

Ebbe un forte scatto nel collo e iniziò a dare forti testate sul pavimento. La fronte divenne rossa per l'impatto, poi una larga ferita si aprì e il sangue iniziò a sgorgargli sulla faccia e a schizzare tutt'intorno.

Sua madre urlava senza sosta, sopraffatta dal dolore, mentre il padre corse verso il portone chiuso, prendendosi a schiaffi e cercando di tapparsi le orecchie.

Ohr, d'istinto, gli afferrò la testa per fermare quello scempio e per qualche secondo, Carlo sembrò immobilizzarsi e restare con la bocca spalancata ad osservarlo, ma quando padre Rudolf riprese a schizzargli l'acqua sul viso e ad ordinare al demone dentro di lui di lasciarlo andare, questi riprese ad urlare e a gemere, contorcendosi sempre più. Il corpo si fletteva in maniera anatomicamente innaturale e pareva potesse spezzarsi. Carlo riprese a dare testate sul pavimento e colpì con la faccia uno dei gradini. Il sangue colò come una pozza che straripa, mentre lui continuava inesorabile. Quando sollevò la testa, l'occhio sinistro era così tumefatto da sembrare un ammasso informe e indistinguibile, qualcosa colava lungo la guancia, mescolandosi al sangue e padre Matteo dovette distogliere lo sguardo, cercando di non pensare che fosse parte dell'occhio che se ne andava ormai in giro per la faccia. Alcuni denti erano spaccati e se ne restavano a penzolare tra le labbra, sorretti da pezzi di gengiva e radice.

Forse stettero così pochi minuti o forse ore, ai presenti sembrarono giorni interi.

«Torna all'Inferno, te lo ordino, in nome di Dio!» Continuava ad urlare il prete e Carlo iniziò nuovamente a tremare. Gli spasmi erano incontrollabili, tanto che si morse la lingua, staccandone un pezzo che sputò sul pavimento e un flotto di sangue gli colò lungo il mento e giù nella gola, facendolo rantolare. Ciò che restava della lingua, prese ad entrare e uscire freneticamente dalle labbra, apparendo biforcuta, mentre il sangue schizzava a fiotti e si riversava sui vestiti e sul pavimento.

Improvvisamente la porta d'ingesso della chiesa si spalancò ed entrarono Paolo, che nessuno aveva visto uscire, e un gruppo di persone che subito si avvicinarono a Carlo. Lui continuava a dimenarsi, fin quando, con fatica, uno dei paramedici gli infilò un ago nel braccio iniettandogli qualcosa. Le urla cessarono all'istante e nell'arco di qualche secondo, anche gli spasmi scemarono e il ragazzo si addormentò, sotto lo sguardo allibito di tutti i presenti.

7

Padre Matteo non sapeva se ciò che avevano fatto potesse avere un qualche perdono, almeno lui, con molta probabilità, non si sarebbe mai perdonato.

Come aveva potuto, soprattutto lui, lasciarsi offuscare la mente così tanto dalla fede, da rischiare la vita di un ragazzo praticando barbare pratiche.

I genitori di Carlo non avrebbero ovviamente fatto nessuna denuncia e i medici dell'ospedale dove era stato portato il ragazzo, anche se controvoglia, non avevano insistito, riconoscendo un'altrettanta colpa anche nei genitori, che apparivano ancora confusi e sconvolti. Avrebbero dovuto affrontare un lungo percorso terapeutico, a quanto pareva e sarebbero intervenuti gli assistenti sociali, visto che Carlo era minorenne. Matteo sperò che quella famiglia non fosse rovinata per sempre e non riuscì a non aggiungere il pensiero che a contribuire fossero stati anche loro.

In quanto a lui e a padre Rudolf, non sapeva

cosa sarebbe successo, la Chiesa non li aveva ancora contattati e non aveva la più pallida idea se a Roma fossero o meno a conoscenza di ciò che era successo in quella piccola chiesetta di paese, meno di ventiquattro ore prima.

Padre Rudolf da quella sera non era più uscito dalla sua stanza; non mangiava e forse neanche beveva. Matteo sapeva che avrebbe dovuto controllare, rassicurarsi che non avesse avuto qualche colpo al cuore o altro, ma proprio non ci riusciva, non aveva voglia di vederlo e, anche se era peccato, non gli interessava sapere come stava e come si sentisse, fisicamente e moralmente.

Incrociò le mani e si inginocchiò su una delle panche della chiesa, chiuse gli occhi, ma le parole per una preghiera, per chiedere perdono a Dio, non riusciva a trovarle. Avvertì una rabbia attanagliargli le viscere: era l'amore verso Dio che offuscava le menti. Un pensiero orrendo, ma non riusciva a non farlo.

Avverti un leggero formicolio alla nuca, sempre più forte, sentì i peli del corpo drizzarsi come a

BUONANOTTE E SOGNI D'ORO

contatto con una fonte di energia particolarmente potente. Dei passi lenti e cadenzati iniziarono a rimbombare nella chiesa; suole di scarpe classiche e lucide probabilmente, a contatto con il freddo marmo del pavimento. Ogni passo era come il battito cardiaco, di un cuore che sembrava pulsare direttamente dal centro della Terra, o probabilmente... dal centro dell'Universo intero.

Si voltò lentamente, la bocca secca e il cervello che sapeva già cosa aspettarsi: il giovane Ohr era immobile nello spazio centrale tra le panche, non aveva più l'aria confusa, le spalle non erano più curve, ma dritte e fiere, i vestiti non erano più squallidi e vecchi, ma scuri ed eleganti, la pelle era di un bianco che sembrava possedere una luce propria e i capelli non erano più arruffati, ma ricadevano sulla sua fronte in morbidi boccoli dorati. Guardava un punto davanti a sé, o forse non guardava nulla in particolare, o forse guardava ogni cosa, li e altrove...

«Adoro il ticchettio di queste scarpe.»

Si sedette lentamente accanto a Matteo, sulla seconda panca a destra.

«Non guardarmi negli occhi!» Esclamò nello stesso istante in cui il prete stava esattamente per guardare, e forse perdersi, in quegli occhi...azzurri? O forse grigi... o forse ancora, non avevano un vero e proprio colore o avevano tutti i colori esistenti...

«Nessun mortale può reggere la luce nei miei occhi, lo ucciderebbe all'istante.»

Era stato un comando dettato con voce quasi suadente, sembrava quasi una richiesta o un suggerimento, ma agì su Matteo come uno degli ordini più autoritari mai provati; distolse lo sguardo e chinò il capo. Indegno, ecco come si sentiva.

Fece per proferire parola, ma dalla bocca aperta non uscì nessun suono, deglutì, ci riprovò e stava per formulare una precisa parola, un nome, ma anche quella volta fu interrotto.

«Stai davvero per pronunciare il mio nome in questo luogo?» Chiese l'altro, quasi con ironia.

«Sai cosa succederebbe?»

Si aspettava una risposta forse, ma anche quella volta padre Matteo restò in silenzio.

«Niente, assolutamente niente.»

Lo sentì sorridere e vide anche le sue labbra perfette incresparsi in un sorriso, mostrando dei denti bianchi e perfetti. Tutto era perfetto in lui, ovviamente. Il Signore indiscusso della perfezione.

«Sei... Satana...» forse quelle parole le aveva solo sussurrate o, addirittura, solo pensate.

Lui rise nuovamente.

«Il nemico, l'avversario. Mi è sempre stato simpatico questo nomignolo. Ma ho un nome, dillo.»

Matteo fu invaso da un forte tremore e la voce non voleva saperne di venire fuori.

«Dillo!» Di nuovo, quella richiesta rimbombò come un ordine nella sua testa.

«Lucifero.»

Quando pronunciò quel nome, la fiamma delle candele presenti oscillò e la stessa vibrazione sembrò provenire anche dalla terra stessa, come se bastasse pronunciarlo per liberare una potentissima energia. Un solo nome, quel nome, il nome del portatore di luce, il nome di colui che ha rinunciato al Paradiso, pur di essere libero.

Fu questo pensiero che scatenò in Matteo come una scossa elettrica, si diramò dalla schiena e si diffuse in pochi istanti in tutto il corpo, fino ad esplodergli nella testa e nel cuore, che non seppe se avesse iniziato a battere di più o si fosse fermato per sempre. Non aveva mai provato un orgasmo, ma forse era un piacere simile, o forse no, forse quello era di più, doveva essere di più. Forse era la felicità. L'unica e sola. Era così che si erano sentiti Adamo ed Eva, quando avevano assaggiato il frutto proibito? Ed era per questo che era proibito? Perché faceva sentire...

Matteo scoppiò a piangere, avvertendo le lacrime calde colargli lungo le guance. Si inginocchiò e non riuscì a sentirsi sbagliato: aveva dedicato la sua vita a Dio e ora si ritrovava il suo nemico davanti, ma era *lui*, era proprio *lui* ed era e sarebbe sempre stato, uno dei due esseri più potenti di tutto l'Universo intero.

«Sai perché non ha funzionato l'esorcismo?» Chiese l'Eterno.

«Perché il ragazzo non era posseduto.»

«Esatto! E non perché io fossi con voi, davanti

ai vostri occhi, io posso essere in ogni luogo, contemporaneamente».

Matteo involontariamente si chiese come fosse arrivato Ohr. Era apparso semplicemente, e nessuno aveva fatto domande, lo avevano accettato come se fosse giusto, come se fosse sempre stato con loro. E in un certo senso, era proprio così.

«Il giovane Carlo ha una patologia mentale, ma questo voi lo avete sempre saputo. Ma tra il sapere e il credere c'è sempre un grande dislivello. Per "sapere" bisogna aprire gli occhi, per "credere" occorre chiuderli. Gli esorcismi servono a voi credenti, non a me. Siete voi che avete bisogno di credere in me, per avere conferma dell'esistenza del vostro amato Dio. Ogni storia necessita di un cattivo, per poter avere il suo eroe.»

«Non è mai esistito tutto questo, vero? Le possessioni intendo...e gli esorcismi.»

«Certo che no! E per due precisi motivi. Il primo è che non avrei bisogno di fare tutta... questa scena, per distruggere un comune mortale, mi basterebbe pensarlo, uno schiocco di dita, come direste voi umani. Il secondo è che non occorre torturare un'anima per renderla tua, l'anima va dove vuole andare, dove è degna di andare, ecc... quindi, sarebbe comunque fatica sprecata.»

A Matteo parve di averlo sempre saputo.

«Sono stato accusato di essere... egocentrico. E tutto questo?» Chiese aprendo le braccia ad indicare ciò che li circondava.

«Quello?» indicò il crocifisso distrutto, che giaceva in un angolo accanto all'altare. Il busto di Gesù dove avevano cercato di riattaccare la testa.

«Ha messo sulla Terra le spoglie mortali della sua essenza, suo figlio come amate chiamarlo, ha lasciato che lo torturaste e lo ha fatto morire fra atroci sofferenze, per divenire il governatore delle vostre esistenze.»

Per qualche secondo regnò l'assoluto silenzio e l'intero pianeta sembrò essersi zittito.

«Lotterai contro di lui, finché uno dei due non verrà distrutto?»

«È complicato da spiegare a voi umani, ad ogni modo, lui non può essere distrutto e neanche io, esistiamo da sempre ed esisteremo per sempre. Il nostro contrasto è ormai come... la vostra forza di gravità, che vi tiene ancorati alla Terra, in caso contrario, vaghereste...»

Ci fu ancora qualche attimo di silenzio, poi continuò: «Solo che a volte, a lui... sfugge la situazione dalle mani e la sua arroganza prende il sopravvento. Come è successo all'inizio di ogni cosa. Questa che avverti, questa... energia, era ciò che donavo ad ogni nuova creatura, era il mio compito, ero il portatore di luce, ma Dio non ama essere offuscato, così mi esiliò, lasciando che un'ombra cadesse sul Paradiso.»

«Ma il Paradiso non può essere buio, c'è la luce...» balbettò Matteo.

«È strano, detto da uno che crede che l'Inferno sia una gigantesca brace. Sai, il fuoco, è luce.»

L'altro non riuscì ad obiettare e per un po' tornò ancora una volta il silenzio.

«Perché hai fatto commettere il peccato originale ad Adamo ed Eva?»

«Io gli ho solo donato un pizzico della mia luce,

loro hanno capito che tramite l'unione carnale avrebbero potuto goderne. Le pratiche sessuali sono solo alcune dei tramiti con cui l'essere umano può godere di un po' della mia luce. Il pianista che si esibisce ad un concerto, il lettore che legge voracemente un libro, l'emozione che suscita un'opera d'arte... io sono in ogni cosa, in ogni cosa che vi da piacere.»

«Perché hai scelto di palesarti a me?» Chiese Matteo, senza riuscire più a trattenersi.

«Perché sei un ribelle, Matteo. Dio non ama i ribelli e qualcuno deve pur prendersi cura di loro. E io adoro le ribellioni, adoro la libertà. La Rivoluzione francese è stato uno dei periodi storici che ho preferito, un guizzo di gioia in una noiosa eternità.»

Si alzò e fece per avviarsi lungo la navata, verso l'uscita.

«Vai via?» Matteo avvertiva già la mancanza di quell'energia che gli aveva donato un benessere mai provato prima.

«Solo quest'aspetto mortale. Io sono sempre. Io sono l'Eternità».

INFORMAZIONI SULL'AUTORE

Daniela E. è una scrittrice italiana, da quando, all'età di cinque anni, impara a leggere e scrivere, i libri diventano parte integrante della sua vita. Appassionata di occulto e paranormale e amante dello splatter decide di dedicare la sua scrittura al thriller e all'horror. Laureata in Lettere e Sapere Umanistico e specializzata in Linguistica Moderna, dal 2023 è riconosciuta come scrittore membro della Horror Writers Association e nel 2024 è entrata a far parte della Crime Writers'Association. Scrittrice in auto pubblicazione, Daniela ha pubblicato quattro libri: il noir Loren, l'horror Kohu (disponibile anche in lingua inglese) e la serie thriller splatter The Terry Brooke Series, La Giostra dei Clown (disponibile anche in inglese con il nome The Clowns'Carousel) e La Giostra delle bambole di pezza. Molto attiva nel sostenere l'auto pubblicazione e gli autori self, ritiene che la letteratura debba essere libera e non controllata e incatenata da aziende e imprenditori. Attualmente, Daniela vive nella sua città natale con il suo cane Argon.

www.danielae.com

ALTRI TITOLI DI QUESTO AUTORE

KOHU

Mary Jane Mariani è una scrittrice di successo, reduce dalla fine del suo matrimonio non riesce più a scrivere un buon romanzo. Decide così di trasferirsi momentaneamente in un piccolo paese sulle rive del fiume Po. Li, si immerge subito nella scrittura e si lascia trasportare dalla curiosità verso i suoi abitanti poco affini alle novità e da un ambiente rude e, in autunno, completamente immerso nella nebbia. Mary si ritroverà presto vittima di avvenimenti paranormali e la sua mente razionale dovrà fare i conti con situazioni che rasentano la follia e che sono unite fra loro dalle spire incorporee, leggere quanto letali, della bianca nebbia e da un mistero vecchio centinaia di anni.

LA GIOSTRA DEI CLOWN

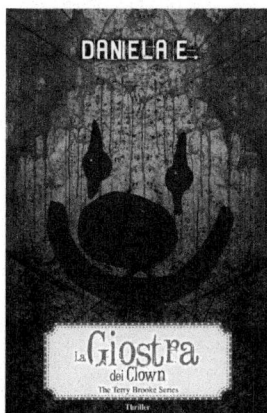

Il corpo di una ragazza viene ritrovato mutilato in un'attrazione chiamata "La Giostra dei Clown". L'assassino si rivelerà presto essere particolarmente ambiguo e con una precisa ossessione... L'Ispettrice di Polizia Terry Brooke dovrà catturare l'eclettico serial killer prima che sia troppo tardi. Cercando anche di recuperare pezzi di puzzle perduti della sua memoria.

LA GIOSTRA DELLE BAMBOLE DI PEZZA

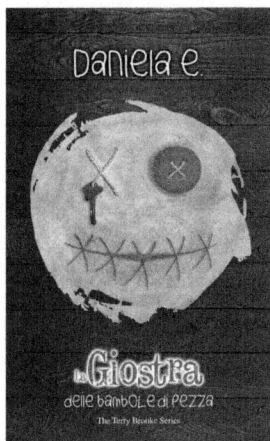

L'Ispettrice di Polizia Terry Brooke è tornata ed è pronta ad affrontare i suoi fantasmi e ad occuparsi di un nuovo intricato caso dove il fascino controverso degli antichi riti voodoo si mescola alla mente contorta di un serial killer distopico, che lancia una vera e propria sfida a Terry Brooke, dove uno solo potrà sopravvivere.

LOREN

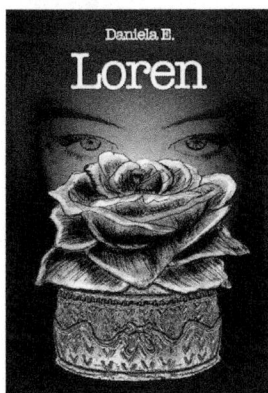

Loren è una giovane donna dal passato tormentato ed è, suo malgrado, la principale attrazione di un locale notturno. Un incontro inaspettato sconvolgerà la sua vita, costringendola ad uscire dal "limbo" in cui si è rifugiata da troppo tempo. Tra fantasmi del passato e del presente, Loren capirà presto che la libertà spesso ha un prezzo molto alto.

Printed in Dunstable, United Kingdom